悩みどころと逃げどころ

ちきりん
Chikirin

梅原大吾
Umehara Daigo

小学館新書

ご挨拶 〜まえがきに代えて〜

梅原大吾です。

プロ格闘ゲーマーとして世界各国で大会に出場し、格闘ゲームの普及活動にも従事する傍ら、これまでも本やマンガを通して様々なメッセージを伝えてきました。しかし本書はいくつかの点で、これまで出した本とは大きく異なっています。

まずは「学校教育」という、ゲームとは縁もゆかりもないテーマについて語った本だということ。恥ずかしながら僕は小さい頃、学校でマジメに勉強した記憶がほとんどありません。だからまさか自分がこんなテーマで本を出すなんて、想像だにしていませんでした。

ふたつめは、こちらもゲームとは無縁の社会派ブロガー、ちきりんさんとの対談本だということです。実は以前、彼女の『ゆるく考えよう』という本に「目標を低く持とう」とか「早めに諦めよう」という、自分の理念とはあまりにも掛け離れた言葉を発見し、衝撃を受けたことがあります。これほど異なる人との対話が果たして価値あるものになり得るのか、実際に議論を始める前は半信半疑でした。

しかし足かけ4年、100時間にもわたる対話は、最終的には「いい人生とは何か」「それはどうやったら手に入るのか」という生き方論にまで発展し、自分自身のキャリアについても、今までにない視点で振り返る貴重な機会となりました。

また議論の中で僕は、苦しい時代を共に歩んできた、そしてこれからも共に生きていくであろう多くのゲーム仲間たちの顔を何度も頭に浮かべました。「自分は成功したから、こんなことが言えるのか」「それでも今みんなに伝えなければならないことは、何なのか」「長く惨めな思いをしてきた自分だからこそ、言えることがあるはずだ。それはいったい何なのか」——今回あらためて真剣に向き合ったこれらの疑問について、僕はこれからもずっと考え続けることになるでしょう。

さらに本書は、「自分のこれから」について触れた初めての本ともなりました。ここ数年、ゲーム業界をとりまく環境、自分の置かれた状況、そして自分の考えや気持ちにも様々な変化が起こっています。それらを踏まえ、これから自分は何をしていきたいのか、どこを目指すべきなのか、将来についてこれだけまとめて語ったのも今回が初めてです。最終的に本書は、「本当にここが自分の居るべき場所なのか、まだ今の場所に居続けていいのか」と、過去の僕と同じように働き方や生き方に悩み、様々に複雑な思いを抱えている人たちに、ぜひ読んでほしいと思える本になりました。自分がもしこの対談に参加していたらどう思うだろう、何を言うだろうと、そんなふうに考えながら読んでいただければ、おもしろいんじゃないかと思います。

巻末では、「この本ができあがるまでの経緯」を僕とちきりんさん、双方の視点から率直に振り返っています。ここを読めば、分野も経験も立ち位置も違うふたりがどのように接点を持ち、なぜ生き方に関する対談本を出すに至ったのか、追体験していただけます。そしてみなさまにも、「まったく考えの異なる人と、考えたこともないテーマについて真剣に議論することの意義」を感じていただければ、とても嬉《うれ》しく思います。

プロ格闘ゲーマー　梅原大吾

こんにちは　ちきりんです。

これまで書籍やブログ「Chikirinの日記」を通して私がずっと伝えたいと思ってきたのは、世の中の〝あるべき論〟に囚《とら》われて、自由に生きること、本当に好きなコトを諦めてしまっている人への応援メッセージでした。

「自由に生きたい」というのは私自身の人生のテーマでもあり、だからこそそれがどれほど難しいことかも、よくわかっています。特に難しいのは、「頑張りどころ」と「逃げどころ」でしょう。

頑張って頑張って、でもうまくいかなかったり傷ついたり、大変なことがあった時、どのタイミングでなら逃げてもよいのか、いつ逃げるべきなのか、その見極めがとても難しいと感じます。人は、頑張りすぎると疲れてしまいます。だからといって逃げてばかりでは達成感や、それに伴う喜びを手に入れられません。

今回、極限まで自分を追い込む（私とは正反対の！）スタイルで成長を続ける梅原大吾さんと対談し、そのことについてあらためて考えました。本書の中で梅原さんと私はまったく異なる地点から、「頑張り方」と「頑張る方法」を提示しようともがいています。

何のために？　「いい人生」を手に入れるために、です。それぞれの人がそれぞれの「いい人生」を手に入れられるように、私たちはどんなメッセージを発するべきなのか。長い時間をかけて考え、話し合いました。

梅原さんは、様々な点で私とは対極にある人です。ごく小さな頃に一生を懸けるべき対象に巡りあい、勉強や学歴という社会の安全地帯を歩くためのパスを自ら手放したこと。成長することが大好きで、ストイックなまでにその道を究《きわ》め続けていること。格闘ゲームや家族や仲間たちとはとことん深い絆《きずな》を築きながら、世の中の動きにはまったく興味がないこと。どれもこれも、私とは１８０度異なっています。

あまりに経験や立ち位置が異なるため、今回の対談では驚きとともに、数多くの学びがありました。たとえば私は今回初めて「やりたいことが明確な人生の厳しさ」について理解しました。多くの人が「やりたいことが見つからない」と悩んでいるのは知っていたけれど、その反対の悩みもあるということには気づいていなかったのです。そういった私自身の気づきや学びは、きっと読者のみなさまにも役立てていただけると思います。

みんな、自分なりの「いい人生」を手に入れようと頑張っていますよね。でも、うまくいかないこともあれば、つらいことも多い。そういう時この本を読んで、梅原さんの姿勢、もしくは私の発想から何かひとつでもヒントが見つからないか、探してみてください。

私たちふたりもまた、数多くの回り道をしてきました。悩まずに何かがつかめる人など、ひとりもいないのです。ラクな人生なんてどこにもない。でも、もがいてあがいてトコトン自分と向き合ってこそ、それぞれの人がそれぞれの「いい人生」と巡りあうことができる。そのことをここまで深く理解させてもらえたことに、心から感謝しています。

社会派ブロガー　ちきりん

悩みどころと逃げどころ

目次

ご挨拶 〜まえがきに代えて〜……3

第1章 学歴 ◉ 「学校って行く意味ある？」 ちきりん
「大アリですよ！」 ウメハラ……15
ずっと寝てた僕&学校エリートの私／学歴差別の厳しい現実
実力主義なんてキレイごと⁉／「大学さえ出ておけば」は有害
学校は取り柄がない人向き⁉／煽るべきか、覚悟を問うべきか

第2章 競争 ◉ 「寝てた僕が悪いんです」 ウメハラ
「いえいえ、悪いのは先生です」 ちきりん……37
思考停止を勧める学校／まともな質問ができない日本人
先生に好かれる子、嫌われる子

日本が住みやすいのは学校教育のおかげ？／学校にもっと競争を
先生と生徒の勝ち負け／学ぶ意義を教えて選ばせる
科目選択は自分の人生を選ぶ練習

第3章 目的 ● 「なにより結果が大事！」ちきりん
「ん？ 結果よりプロセスですよ」ウメハラ……65

結果なのかプロセスなのか／勝負だからこそプロセスが大事
さっさと勝ちたい学校エリート／ひとりで国内トップか、みんなで世界へか
早く行くのか、遠くを目指すのか

第4章 評価 ● 「どうやったら人気が出るの？」ちきりん
「自分のアタマで考えてください」ウメハラ……83

ネットでは学べないもの／人気＝市場の評価
三大屈辱語／マーケットはプロセスを評価する

第5章　人生●
「興味を持つ範囲が広いですね」ウメハラ
「ウメハラさんが狭すぎるんです」ちきりん…… 99
ゲームから離れたのも成長するため／半径2メートル以内vs.2キロ以上先
既製品としての「いい人生」／思考停止のための呪文／勝ち組の人生論？

第6章　職業●
「やりたいことがあるのは幸せ」ちきりん
「いや、それが結構つらいんです」ウメハラ…… 123
ギャンブルだけど、やるしかない／自分の器をあがいて知る
はじめからベストを見つけようと思うな／学校的価値観からの脱却を！

第7章　挫折●
「つらい時は逃げたらいいんです」ちきりん
「えっ、逃げたらダメでしょ!?」ウメハラ…… 141
〝根性なし〟の紆余曲折／つらかったら逃げてもいい？

父的やさしさ vs. 母的やさしさ／「これだ！」はひとつなの？

第8章 収入 ◉ 「お金じゃないのよ」ちきりん
「それ、クチで言うのは簡単です」ウメハラ……159
高額寄付のホントの理由／儲けたいのか読んでほしいのか
ゲーム業界の愛と金／お金の束縛／忍び寄る学校的価値観

最終章 未来 ◉ 「目指せ、社会派ゲーマー！」ちきりん
「長生きして待っててください」ウメハラ……183
50歳でも神？／世界に発信!?／人を信じるという実験
学校的価値観の大崩壊を起こしたい／楽しみ方を提示するのがプロの役目
入れ替わるふたり？

この本ができるまで ～あとがきに代えて～ …… 207
エピソード1 この人誰？ 何モノなの？ vs. 有名ブログってスゴい！
エピソード2 楽しみでした vs. 不安でした
エピソード3 アワアワしました vs. オレの勝ちだ！
エピソード4 ウメハラ縛りブログの真相 vs. ひたすら不可解でした
エピソード5 考えるところが見たかった vs. 乗り気になれなくて
エピソード6 完敗でした vs. 断らなくてよかったです
エピソード7 やるべきことが見えました vs. 完敗です

第1章　学歴

「学校って行く意味ある？」

ちきりん

「大アリですよ！」

ウメハラ

ずっと寝てた僕&学校エリートの私

ウメハラ 最初にちょっといいですか？

ちきりん なんでしょう？

ウメハラ 今回のテーマって、なんで「学び」とか「学校」なんですか？ 僕が大の学校嫌いで、中学も高校も授業中はずっと寝てたってこと、ちきりんさんもご存じですよね？ 学校とか教育について語る資格があるとは思えないんですけど。

※梅原大吾（ウメハラ）：小学生の時から格闘ゲーム一筋で、14歳で国内最強となり、17歳で世界大会に優勝。学校は「寝るところ」で、都立高校卒業後はアルバイトをしながら格闘ゲームを続ける。23歳で一度ゲームの世界を離れたものの、28歳で復帰。翌年、アメリカの企業とプロ契約を結び、日本人初のプロゲーマーとなる。「世界で最も長く賞金を稼いでいるプロゲーマー」としてギネスに認定されている。

ちきりん だからこそ一緒に考えたいんですよね。

ウメハラ どういうことですか？

ちきりん 前に私が働いていた外資系企業には、東大とか早慶とか、いわゆる〝いい大学〟を出た人がいっぱいいたんです。留学経験のある人も多かった。でもウメハラさんは彼らと比べても遜色《そんしょく》がないというか、むしろ彼らと比べても、図抜けて〝考える力〟が高い。
　でもウメハラさんは学校ではずっと寝てたという。だったら学校なんて行く意味ないってことでしょ？　学校で学ぶべき最も大切なことのひとつが思考力なのに。

ウメハラ ……。

ちきりん 私の場合、学校は好きじゃなかったけど要領よく高い点を取れるタイプで、あまり考えもせずいい大学、いい会社に進んだ〝学校エリート〟なんです。ウメハラさんとは学校体験が180度違う。だからこそ、学校って何なのかを一緒に考えてみたかった。学校で教わったことって何だったのか、それはその後の人生に役立っているのか、役に立ってないとしたら、そもそも学校へ行く意味ってあるんだろうか、ってことも含めて。

※ちきりん：公立の小・中・高から国立大学に進学。卒業後、証券会社に就職し、アメリカの大学院で修士号を取得した後、外資系企業に転職。退職後は、社会派ブログ「Chikirin の日記」を運営しつつ、多数のファンを持つ人気ブロガーとして執筆、対談、講演などで活躍中。

ウメハラ 学校に行く意味、ないと思ってるんですか？

ちきりん ゼロとは言いませんが、最近はあんまり人生に役立たないだけでなく、学校でまじめに勉強した人ほど損をする仕組みじゃないかとさえ感じてます。

ウメハラ ずいぶん極端なこと言いますね。

ちきりん だって学校って本来「自分のアタマで考える力」を養うところなのに、「とにかくこれをやれ」とか、「先生の言うことさえ聞いておけばいい」みたいに、無思考であることを勧めるんですよ。それって変でしょ。

ウメハラ 「言われたことをきちんとやり、テストでいい点を取ればいい大学に行けて、いい会社に入れ、いい人生が送れる」ってやつですね。

ちきりん でももうそんな時代じゃない。今は大企業でも倒産やリストラが珍しくないし。

ウメハラ 確かに僕が知ってるような有名企業でもリストラやってますね。

ちきりん 従順ないい子が、「学校でまじめに頑張ってれば一生安泰だぞ」って言われてそのとおりやってきたのに、40歳になっていきなりハシゴをはずされ、食べていけなくなりましたって、ヒドくないですか？

ウメハラ それは確かにキツそうです。

ちきりん でしょ。こんなはずじゃなかった、約束が違うじゃんって、思いますよね。倒産やリストラみたいな予想外の事態に陥った時、ほんとは自分で考えて行動したり、新しいことをやってかなくちゃいけないのに、学校では自分で考える訓練も、人と違うことをやるっていう体験もしていない。それをいきなり自力で頑張れとか言われても無理ですよ。

ウメハラ 学校でマジメに勉強してた人でも、困ってる人が増えてると。

ちきりん むしろ学校の教えをマジメに守ってきた人ほど、「これでよかったハズなのに……」ってなっちゃってる気がする。

ウメハラ 今の学校には問題がある、だからそれを変えていきたいって、ちきりんさんは思ってるんですか?

ちきりん というより、ずっと学校の教えを守って素直に生きてきたのにリアルな社会で行き詰まっちゃった人や、学校で植えつけられた価値観が足かせになって生きづらい人生を送ってる人たちに「自分は学校で何を学んできたのか」あらためて考えてもらい、自分を縛っている価値観と向き合ってもらえれば、人生をいい方向に軌道修正する機会になるんじゃないかと思って。

ウメハラ　そっか。僕はあまり学校に関わらなかったから影響を受けることも少なかったけど、まじめに学校に行ってた人ほど、その後の人生が学校の教えや価値観に左右されてるわけですね？

ちきりん　そうそう。今や「いい学校→いい会社→いい人生」なんて構図が成り立ってないのは明白でしょ。なのにいまだにそういう価値観を押しつけてくる学校に、貴重な人生の時間を何年も捧《ささ》げるなんてホント無駄だなって、最近よく思うんです。

学歴差別の厳しい現実

ウメハラ　確かに今はちきりんさんの言うような時代かもしれません。でも、だからといって「学校は無駄」とまで言うのはどうかな。僕の経験から言えば、やっぱり学校には行かないと損をしますよ。もし今、学校なんて行かなくても何とかなるんじゃないかって思ってる若者が目の前にいたら、僕は「できるだけ行っておいたほうがいい」ってアドバイスしますね。

ちきりん 自分は学校嫌いでずっと寝てたくせに、他人には行けと勧めるんですか？

ウメハラ 勧めるというより、「行かないほうがいいよ」とか「行かないでもいいんだよ」とは言えないってことです。

ちきりん なぜ？ ウメハラさんのその後の人生に、学校で得た何かが役立ってる？

ウメハラ いや何も。役立ったかどうか以前に、そもそも何も得てませんから。

ちきりん ですよね。ひたすら寝てたんですもんね。

ウメハラ それでもこうして平気でいられるのは、僕が今、幸運にもプロ格闘ゲーマーとしてやっていけてるからなんです。この分野なら誰にも負けないという気持ちもあったし、それだけの努力もしたけど、才能や適性もあったと思う。しかもたまたまプロゲーマーという職業が成り立つタイミングにも恵まれて、ようやく今の自分があるんです。

そのどれかひとつでも欠けていたらプロゲーマーにはなれていないし、そしたらやっぱり「もっとまじめに学校の勉強をしとけばよかった」ってことになったと思う。ゲームがどれだけ強くても、「勉強しなくていいのか」ってことについては、子どもの頃からずっと不安でしたから。

ちきりん　ウメハラさんがそんなことを不安に思ってたなんてびっくり。14歳の時にはすでに「俺はこの分野で世界一だ！」と思ってたわけでしょ？　それなのに不安？　ご両親に怒られたとか？

ウメハラ　1と2が並ぶ通信簿を見ても、父親は一度も「勉強しろ」とは言いませんでした。言われたのは、「何かひとつ、やりたいものを持て。それを見つけたら、誰にも負けない気持ちで行け」ということだけ。

それでも、その「何かひとつ」が格闘ゲームでいいのか、このままひたすらゲームに没頭してていいのかっていう迷いは常にありました。

ちきりん　そっかー。ゲームって今でもそうだけど、特に昔は「勉強」と真逆の価値があると思われてましたもんね。「ゲームばっかりやってると将来が大変だよ」みたいに。

でもウメハラさんほどの人なら「少なくとも俺は勉強なんかする必要はない」って自信があったのかと思ってた。

ウメハラ　いや、自信なんてなかったですよ。授業だって起きてたほうがいいとはわかってるんだけど、あまりにも退屈でホントに眠い。あれを起きて聞いてろというのは僕にとっては拷問《ごうもん》に近かった。だから「俺って駄目な奴だな」「こんなんじゃ、将来どうなっちゃうんだろう」って思いつつ……でも耐え切れず寝ちゃってただけなんです。

ちきりん ゲームだからかな。もしめちゃくちゃサッカーや野球がうまいとかだったら、「勉強なんてできなくても大丈夫」って思えたかもしれない。

ウメハラ 確かに当時は、ゲームで食べていけるなんて想像すらできなかったですからね。一時期、ゲームから離れてマージャンや介護分野に生きる道を探してウロウロしてた時は、小さい頃「勉強しろ」と言ってくれなかった父を恨んだりもしました。

ちきりん そうなんだ。とはいえプロゲーマー以外の職業だって、社会に出たら学校で習ったことなんてほとんど役立たない。生活に必要なのは、せいぜい中学で学ぶ内容くらいまでです。ウメハラさんが考える、それ以上の学校に行くメリットって何ですか？

ウメハラ 言ってしまえば、「大卒」という学歴ですかね。

ちきりん えっ、学歴が役に立つ⁉　そんな言葉をウメハラさんから聞くなんて。

ウメハラ だって世の中、なんだかんだ言って学歴を見るじゃないですか。

ちきりん ホント？　確かに大企業に就職するには大卒の資格が必要だけど。

ウメハラ ちきりんさんは自分に学歴があるから気がつかないんですよ。僕がいた世界では、バイトでさえ学歴で人を判断する人が多くて、それが本当に屈辱的でした。

ちきりん バイトで学歴差別があったってこと？　信じられないんだけど。

ウメハラ ありますよ。それがほんとに厳しいんです。こんなに差別されるって知ってたら、オレも勉強して大学へ行ったのにって思うくらいに。

ちきりん 私も大学時代は居酒屋とかコンビニとか、あちこちでバイトしました。バイト仲間には高卒の子もいたけど、私のほうがいい仕事をさせてもらったとか、優遇されたという記憶もないので、いまいちピンときません。厳しく怒られもしたし……。

ウメハラ 厳しくされるのと見下されるのは全然違うんです。しかも面と向かって言われるならまだいい。直接バカにされるなら、「なんだと、この野郎」って言えるから。でもそうじゃない。口調とか態度みたいな、醸し出す空気で見下すんです。

ちきりん そうなんだ……。心の中で見下してるから、それが態度に表れるってことね？　確かに私はそんなふうに見下された経験はないかも。

ウメハラ たとえばレジからお金がなくなった時、学歴のない奴が真っ先に疑われるんですよ。わかります？

ちきりん あ〜、そういうのがあるんだ！

ウメハラ 本社まで呼ばれましたからね。「レジ触った？」「監視カメラつけてるから、調べりゃわかるんだよ」とまで言われて。

ちきりん それは頭にきますね、確かに。

で、そういう経験が積み重なると、「やっぱり中卒だから、高卒だからバカにされるんだ。大学ぐらいは出といたほうがいいよ。今の世の中では」っていうアドバイスになるんですね？

実力主義なんてキレイごと!?

ウメハラ 学歴がないことで苦しんでる人は、現実にはたくさんいると思います。だから「学歴なんか今の世の中では関係ない」とは簡単に言い切れない。

僕自身、今はコンプレックスもありません。学歴があっても仕事ができない人もたくさん知ってます。だけど当時は強い学歴コンプレックスがあって、スカスカの履歴書がほんとに恥ずかしかった。学歴がないとこんなにきついんだとつくづく感じてました。
だって学歴がないと、大企業で働きたいと思っても入社試験を受けるチャンスさえ与えてもらえないんですよ。そういう現実がある限り、「実力主義の時代です」なんてキレイごとは言えない。

ちきりん うーん、どうかな。ウメハラさん、ネクタイを締めて働いてるサラリーマンに幻想を抱きすぎじゃない？　今や立派な会社に勤めてても、つらい思いをしてる人はたくさんいるんですよ。

ウメハラ サラリーマン全員が満足してるかどうか僕は知らないし、きっとストレスを抱えたり大変なんだと思いますけど、でもね、それよりももっと悲惨な世界が現実にあるってことなんです。
会社でどんなに仕事が大変でも、少なくとも惨めではないでしょ？　僕は自分自身、そういう悲惨な世界をはいずり回っていた時代があるし、周りにもそういう人が多いから、そのつらさが身にしみてわかるんですよ。

ちきりん 確かに、それは私にはまったくわからない世界です。一流大学の卒業証書を持ってることがどれだけ有利かは理解してるつもりだけど、それがなかった時、たとえ実力があってもどれほど大変か、どれだけ惨めな思いをするのか、実感としてわからない。
ウメハラさんは、そういう悲惨な世界に迷い込まないために、とりあえず学校ではマジメに勉強して、大学までは出ておくべきだと思ってるんですね？

ウメハラ はい。そのほうがよほどマシだと思ってます。

「大学さえ出ておけば」は有害

ちきりん でもやっぱり、そこは意見が違うかな。ウメハラさんは「勉強しないとこんな悲惨な人生になるとは知らなかった。知ってたらちゃんと勉強して、少なくとも大学ぐらい出ておいたのに」って言うけど、私が見てきたのは「ちゃんと勉強したのにこんな悲惨なことになるとは知らなかった」って人たちなんです。

だから「大学に行くな」とまでは言いませんが、「大学さえ出ておけばなんとかなる」という考えは、明らかに有害だと思う。そういう考えに毒されると、勉強が必ずしも得意じゃない人まで、しかも奨学金という名の借金までして、みんなとにかく大学へ行こうとします。まじめな人ほどそう考える。

ところがそうやって大学を出ても、好きな仕事に就ける人なんて限られてるし、「自分は大学を出たんだから」という理由で、やってみたら適性があったかもしれない〝体を使う仕事〟を避けてしまったり、ホントはお芝居をするのが好きなのに、とりあえず会社員になろうとする、みたいな人まで出てきちゃう。

しかもずっと「いい会社に入ること」が目標だったから、入った会社でむちゃな働き方を強いられても、「こんな働き方はおかしい」「やっぱり違う！」って、自分で判断してやめることもできない。

学歴で門前払いされ続ける人生と、自分のやりたいことがわからなくなってしまい、来る日も来る日も「会社にいるため」だけに頑張る人生。どっちもどっちでは?

ウメハラ 確かに大学を出てそれなりの会社に入っても、惨めな状況に陥ることもあるのかもしれない。それはわかります。だけど、それでも僕の経験したあの悲惨な世界よりはマシだと思うな。人間の尊厳を踏みにじられてる気がしますからね。たかだか学校に行ってないだけで。

ちきりん それぐらいつらい経験をしたんですね……。

でもね、ウメハラさん、この前『ハーバード・ビジネス・レビュー』の対談に出てた（石川善樹医学博士との対談「感情を制する者がゲームを制す」2016年1月号掲載）でしょ？あれって、「ゲームが強いから」呼ばれたんじゃないはずなんです。もちろん、大卒だからって理由で載せてもらえる雑誌でもない。

今までのウメハラさんの言動に、何らか学ぶことがあると編集長が判断したから呼ばれたはず。学歴のない人を馬鹿にする人が多いのも事実なんでしょう。でもその上で、世の中は大きく変わってきてる、それが私の実感です。

学校は取り柄がない人向き!?

ウメハラ 「学校なんて行く価値ないから」って言えるのは、やっぱり頭がいい人だと思うんです。もしくは猛烈に好きなこと、やりたいことがある人。

たとえばアニメーターの給料はものすごい安いらしいけど、アニメが本当に好きならその道を突き進んだほうがいい、給料が安くてもやりがいを感じられるわけですから。あるいは、得意なことや何かに才能がある人、誰にも負けないぐらいやる気がある人も、高校や大学に行く必要はないでしょう。

でもそうじゃない人には、「とりあえず学校に行ってまじめに生きてれば、最低限、惨めな思いはしなくてすむよ」と言いたいんです。

ちきりん ウメハラさん……。

ウメハラ あ、なんかオレ、ものすごく残酷なことを言ってますね？

ちきりん はい。それって、能力とか取り柄がない人は、とりあえず学校でも行っとけってことでしょ？　めちゃくちゃ〝上から目線〟です。

ウメハラ でも……しょうがないんです。それが現実だから。それを言わなかったら偽善になってしまう。

ちきりん 正直言って学歴がないとどう見られるのか、体験してないので私にはわかりません。だから本当に悲惨なことになるから、とにかく大学までは行っとけとウメハラさんが言うなら、そうなのかなとも思います。

でも最近よく私が思うのは、学校って不利な人をより不利にする場所だなってことなんです。つまり、能力とか取り柄のない人ほど、学校に行くことで不利が大きくなる。

ウメハラ 不利な人がもっと不利になる？

ちきりん ええ。私の認識だと、今は生きていく力が強い人ほど学校に頼らない。ウメハラさんにしても、学歴を含め、経歴を何も開示せずに活動してる私にしても、その例でしょ。それから親だって、教育熱心で経済力がある家ほど、公教育をあてにしなくなってる。で、インターナショナルスクールに行かせるとか、夏はアメリカで教育系のキャンプに参加させるとか、ネットで勉強させようとか。そういう動きが出てるのって、彼らが「日本の公教育にはたいした価値がない」と思い始めてるからなんです。

ところがその一方で、環境的に恵まれてない人ほど、「この状況から抜け出すには、とりあえず学校だけは行かなくちゃ」みたいになってて、経済状態が厳しくてもアルバイトをしたり借金をしてまで学校に行く。ところがその学校は、生きていくために必要な力をつけてくれるわけじゃない。だからますます生きる力の格差が拡がってしまう。

教育って本来は、環境に恵まれない人にリカバリーのチャンスを与えるための制度なのに、今はそれとは反対のことが起こってると感じるんです。だからウメハラさんみたいに

「とりあえず学校に行って、大学までは出ておいたほうがいい」とは、私は全然思えない。

ウメハラ 確かに自分で食ってける人や、自分で考えられる人は、高校や大学に行く必要はない。でもね、能力勝負の世界は椅子が少ないんですよ。

たとえば日本のプロ格闘ゲーマーってせいぜい10人です。その中でまともに食えてるのは4、5人ですよ。それを考えると、「俺、勉強嫌いだし、ウメハラには敵《かな》わないかもしれないけど、そこそこいけるから、プロゲーマーにでもなろう」なんて考えたりしたら、これはもうひどい人生になりますよ。本人が決めることではあるけれど、「おまえ、こっち来ちゃ駄目」って言いたくなることはよくある。

もちろん、すべての人にそう思うわけじゃありません。頭が良かったり、他を寄せつけないやる気があったりすれば、もし駄目でも臨機応変に対応するなり、困難を自力で突破するなり、どうとでもなります。

でもそうじゃない人に、「学校なんか意味ないから、やめちゃえばいいよ。俺も大学行かないでも何とかなってるよ」って言うのは無責任な感じがするんです。

煽るべきか、覚悟を問うべきか

ちきりん あらためて聞くけど、ウメハラさんは小、中、高と、学校には何の価値も感じられなかったんでしょ？

ウメハラ 授業はつまんなかったですね。だからずっと寝てた。

ちきりん にもかかわらず、特殊な才能や根性を持ってる人以外は、とりあえず学校には行っておけ、大学までは出ておけって、やっぱりアドバイスとしておかしくない？

ウメハラ いや。だからもうそれはしょうがないんです。生きていく上で学歴が必要な人、学歴くらいは持ってないと困っちゃう人は確実にいると思うから。

ちきりん つまり世の中には大卒という肩書きにこだわる人や会社がいっぱいあって、それがないと惨めな思いをするから、つまらなくて役に立たない学校でも、とりあえずまじめに通って、大学の卒業証書だけはゲットしとこうぜってこと？

ウメハラ 言い方にちょっとトゲを感じますが、まあ、そういうことですかね。世の中は学歴で人を判断するという前提に立てば、大半の人は大学まで行ったほうがいい。無責任に、

「学校なんてやめちゃえ」とはやっぱり言えない。

ちきりん 私も「卒業証書」には意味があると思ってますよ。タダで貰《もら》えるなら貰っておけばいい。でも大学に行くのって、時間もお金も相当にかかるわけで、それを考えると、「大半の人は行ったほうがいい」ってホントなのかなという疑問はまだぬぐえない。

ウメハラ この点については、どこまでいっても平行線ですね。

まあ、とはいえ最後の最後は本人の判断ですからね。好きにすればいいですけど。

ちきりん あらら突然そんな突き放したことを……。

ウメハラ だって基本的には本人の意思なんです。それは間違いない。でもこうやってお金をいただいて本を読んでもらってる以上、嘘《うそ》はつけない。

ちきりん 自分が成功したからって、誰もが成功するわけじゃない。だから煽《あお》りすぎるのはよくないってことね？

ウメハラ はい。自分の発言には責任がありますから。

ちきりん 私は反対に、ガンガン煽るのが自分の責任だと思ってるんですよね。

ウメハラ えっ？

ちきりん ウメハラさんは私より厳しい現実をいっぱい見てきたから、煽るのは無責任だと感じてる。一方の私は、学校で教えられたとおりに生きてきたのにイマイチ楽しくない、もはや、どうすれば楽しくなるのかさえわからない、みたいな人をたくさん見てきました。だからガンガン煽るのが自分の責任だとさえ思ってるんです。だって煽られると変わるきっかけになるでしょ？　そのきっかけを与えないことこそ〝社会派ブロガー〟としては無責任かなと思って。

ウメハラさんはさっき「最後は本人の意思」って言ったけど、本当にそのとおりで、いくら煽ってもやらない人はやりません。だから煽りすぎるぐらいでちょうどいいんです。

ウメハラ 煽ってもみんながそのとおりやるわけじゃない。だから敢えて煽るんですね？

ちきりん そうです。まあでもウメハラさんは影響力が大きいので、無責任なことは言えないってのもよくわかります。私は凡人だけど、ウメハラさんはゲーム界の神ですからね。

ウメハラ ちきりんさん、からかってるでしょ？

ちきりん 神が下々の者に「おまえも頑張れば神になれる」なんて言うのは、確かに無責任ですよね!?

ウメハラ　もうやめてください。神かどうかはともかく、僕の経験から言えるのは「勉強ができなくて何の取り柄もなかったら、世の中は本当にきついんだぞ」ってことです。それをわかった上で、「俺には何かできるはずだ」と信じられ、かつ、自分に賭けられるんだったら、最後は自分で決めればいい。

でもそれを決める前に、本当に自分はそんな特別な人間か、そこまで頑張れるか、しっかりとことん考えろよ、ってことなんです。

ちきりん　わかる。わかるけどそんな言い方だと、みんな「やっぱり自分はそこまで特別じゃないよな」って思っちゃう。だからそれだと事実上、とにかく全員、大学までは行けと言ってるのに等しい。

ウメハラ　そんなことないですよ。僕だって本音としては、みんなそれぞれ自分が好きなコトに突っ込んでってほしい。そういう人が増えてほしいし、そういう人を応援したい。

でも、自分が経験したあまりに過酷な世の中の現状も、しっかり伝えたい。いや、伝えないといけない。ホントに大変なんだぞって何度も脅かして、それでも「行きます、オレは行きます」って奴だけがこっち側に来ればいい。そういうことなんです。

第2章　競争

「寝てた僕が悪いんです」ウメハラ

「いえいえ、悪いのは先生です」ちきりん

思考停止を勧める学校

ちきりん 学校に行く意味があるのかないのか、そこは意見が合わないけど、「学校がつまらない、教えられてる内容が役立たない」という点では一致してる?

ウメハラ してますね。あんなに長い時間を過ごす場所なんだから、どうせならおもしろくて人生に役立つ場所になってほしいですよね。

ちきりん どう変われば、おもしろくて役立ちそう?

ウメハラ う~ん、まったく見当がつきません。社会派のちきりんさんはいろいろ考えられるかもしれないけど、僕が学校について言えるのは、どんだけ嫌いだったかとか、こんなに不満だったとか、悪口みたいなことだけです。

ちきりん じゃあ、それでいこうよ。私だって教育に関しては素人だし、専門的なことが語れるわけじゃありません。でも、どういうところが嫌いだったか、こういう感じだったら楽しく通えたのに、って考えていけば、少なくとも問題提起にはなるし、学校的価値観に縛られて行き詰まってる人にとっては、出口を見つけるヒントになるかもしれない。

ウメハラ なるほど、そういうことなら……。

ちきりん じゃあまず、学校のどんなところが不満だったのか、教えてください。

ウメハラ えーっと。まず、なんでも一律に決まったことをやれ、しかも理由は考えるな、というのが嫌でしたね。なんで意味もわかんないのにやらされるのか、いつも不満でした。

ちきりん たとえばどんなこと?

ウメハラ 小学校の時、黒板係ってあったじゃないですか。黒板を消して、黒板消しをハタく役。僕も一応はやるんですよ。だけど、黒板係は本当に必要なのかどうか?

ちきりん えっ? それは必要でしょ。そんなこと考えませんよ、普通。

ウメハラ いや、「黒板係は必要」という答えが先に決まっていて、「だから誰かやれ」っていうの、むかつくじゃないですか。

ちきりん そんなコトにまでむかつくの? ちょっと信じられないんだけど。

ウメハラ そうですか? 僕は納得できなかったんですよね。いっそのこと黒板係を廃止して、黒板が汚くて授業にならないというところまで見せてくれれば、その必要性が理解できたんでしょうけど。

ちきりん そんな根源的なところまで戻って理由を考えさせろって思うんだ。

ウメハラ まあ、黒板係の例は行き過ぎかもしれませんが、学校って勉強でも行事でも、全部最初からやり方が決まってて、生徒は指示に従うだけ。それがすごく嫌だったんです。

ちきりん そういうことに対して、何かアクションを起こしたりしてました？

ウメハラ 聞き返したりはしてましたよ。先生から「試験前だから勉強しろ」って言われて、「なんで試験前だと勉強しないといけないんですか？」とか。

ちきりん あー、ウザい生徒。

ウメハラ ウザがられてました。

ちきりん でも、それって本質的な質問だよね。「試験前だから勉強しろ」って、「勉強の目的は試験で良い点を取るためである」って聞こえるもんね。

ウメハラ でしょ。中学の時も社会の先生がことあるごとに、「とにかくおまえら勉強だけはしないとダメだ」と言うので、勇気を出して聞いてみたんです。「先生、すいません。なんで勉強しなきゃいけないんですか？」って。そしたら、「そんなことは考えなくていい」とはっきり返されました。「そんなこと考えるヒマがあったら勉強しろ」と。

ちきりん それねー。先生ってしょっちゅう「そんなコトは考えなくていい。とにかくやれ」って言うよね。アレ最悪だと思う。学校って「考える力」をつけるための場所なのに。

ウメハラ 「理由を知りたいとか言う奴は、結局やりたくないだけだろ」って決めつけてるんですよ。だから学校でやることは全部不満でした。何もかもあらかじめ決まってるから。

ちきりん 自分で考えさせてくれないところがヤだったわけね。

まともな質問ができない日本人

ウメハラ 「余計なことを考えずに勉強しろ」って言っている限り、学校はおもしろくならない。逆に、余計なことをあれこれ考えさせてくれる授業なら、たぶん僕も寝なかった。「なんで」「どうして」といった疑問を与えてくれたら、常に考えなきゃならないから寝てるヒマもないし、考える力もつきますよ。

ちきりん そうなのよ。現実社会で役立つのも、そういう「なぜ?」や「どうして?」という思考なんです。それなのに、疑問をなるべく持たせないようにするのが、今の日本の学校なんだよね。

ウメハラ 実はゲームの世界でも、日本人は〝疑問を持つ力〟が足りないんです。ファンからの質問でもその差は歴然としてて、アメリカ人の質問のほうが圧倒的におもしろい。

ちきりん たとえばどう違うの？

ウメハラ 「あなたの動画を見てると、この部分の動きが他のプレーヤーより非効率に思える。それなのにあなたが一番、勝ってる。ウメハラさんが一見非効率に見える動きをするのはなぜですか？ やっぱりそこに強さの秘密があるんですか？ それとも単に好みの問題ですか？」みたいに、アメリカ人の質問は感心するほど具体的だし、深いんです。

ところが日本人からの質問は、「僕は思うように勝てません。どうすれば勝てるようになりますか？」みたいな質問ばかり。格闘ゲーム自体は、日本のほうがレベルが高いのに。

ちきりん それおもしろい。ゲームでは日本のほうがレベルが高いのに、寄せられる質問はアメリカからのほうが圧倒的に質が高い。その逆転の理由は何？ 偶然じゃないよね？

ウメハラ とても偶然じゃないだろってくらい、日本人とアメリカ人の質問には明確な差がありますね。それに僕が感心するレベルの質問ができるってことは、質問者はその時点ですでに、答えに半分、手が届いてるんですよ。

ちきりん 確かに。

ウメハラ 僕自身、おもしろい疑問が頭に浮かんだ時は、「俺ってなかなかナイスじゃん」って思うんです。なぜかと言えば、おもしろい疑問って、それを感じた時点で答えが見つかったのと同じような感覚が得られるから。結局のところ疑問さえきちんと持てれば、たとえ時間がかかっても、自分なりの結論に必ず到達できる。

ちきりん 一方、「どうすれば勝てますか？」みたいな質問をしてる人は……、

ウメハラ １００年たってもそこから先に行けないでしょうね。そしてなんでそんな何も考えてない質問しか出てこないのかと言うと、「誰かに答えを与えてもらおうとする前に、自分で考える訓練」をしてないからだと思うんです。

ちきりん 質問する力を鍛えないところ、特にＷＨＹ（なんで？）を突き詰めないところが、日本の学校の致命的な問題ですよね。

ウメハラ そう思います。子どもたちからできるだけ多くのＷＨＹを引き出せるよう、もっと工夫してほしい。「黒板係はなんで必要なんですか？」とか。

ちきりん またそこ？　ずいぶんこだわりますね。

ウメハラ っていうか、正解なんかなくてもいいんですよ。世の中の本当に大事なことには、正解なんてないんだから。でも正解がなくても、考えて考えて、なんとか自分なりの答えを探し出さないと勝負にならない。

ちきりん ウメハラさんは学校じゃなくて、どこで考える訓練をしたんですか？

ウメハラ 僕にとってはゲームで強くなるためにやってきたことが、考えるための訓練になりました。ゲームだってレベルが10まであるとすれば、7ぐらいまでは攻略本にノウハウが載ってるけど、8から先に行きたければ自分で考えて探すしかないから。

ちきりん 独力で学んだなんてすごい。でも普通の人はやっぱり、考えることの意味や方法論は誰かに教えてもらえないと学べない。ところが今の学校では、リアルな〝WHY質問〟は大半が無視されてしまう。それも先生が簡単に答えられないというだけの理由で。

ウメハラ せめて疑問を持った子どもを褒めるようにすれば、少しはマシになるんじゃないですかね。答えはすぐには与えられないけど、「おまえいい質問するな」って褒められたら子どもは嬉しいですよ。

ちきりん そうですよね。学校の先生って生徒に何かを問われたら、一緒に考えようとするんじゃなくて、「即座に正しい答えを与えなくちゃいけない。そうしないと教師の威厳が保てない」と思ってる。だから答えようのないことを問われると「そんな余計なことは考えなくていい」って方向でごまかしてしまう。

でも、今ウメハラさんが言ったみたいに、たとえ答えが得られなくてもWHY質問を持つこと自体を褒めてもらえたら、みんなもっと根源的なことを考えるようになりそう。

先生に好かれる子、嫌われる子

ウメハラ 音楽も嫌だったな。何で先生に指示されて歌わなければならないのか、まったく納得できなかった。「楽しいからみんなで歌おう」という気持ちになって歌うならいいんだけど、「さあ、(とにかく)みんなで一緒に歌いましょう」なんて気持ち悪くて。

ちきりん ウメハラさんが先生を嫌うのもわかるけど、先生がウメハラさんを嫌うのもよくわかります。

ウメハラ 偏屈すぎますか？

ちきりん いえ、むしろ本質的すぎます。音楽って、落ち込んでる時にみんなで歌うと力が湧《わ》いてきたり、リズムに乗って歌っていると、高揚感が得られて前向きになれたりする。そういう音楽の力を体験させることが、学校で音楽を教えることの意味だと思うんです。
それなのに「歌え」と言って無理矢理に歌わせて、むしろ歌が嫌いな人を増やしてる。ウメハラさんの質問は、本質的なことを考えさせるとてもいい質問だと思うけど、先生から見たらほんとにウザいだろうなと。

ウメハラ ちきりんさんは成績がよかったのなら、先生にも好かれてたんでしょ？

ちきりん それがそうでもないんですよ。要領がよくてテストの点は取れてたから、めちゃくちゃ嫌われることはなかったけど、いちいちプチ反抗するから。

ウメハラ どんな反抗をするんですか？

ちきりん たとえば小学校の参観日とか、「4×8＝」みたいな誰でもわかる問題で、全員が「ハイハイ」って手を挙げてる時に、わざと手を挙げなかったり。すると先生は、「こいつ、わかってるくせに」って、露骨に嫌な顔をするんです。なぜだか今もわからないんですけど、小学校の先生って元気に手を挙げる子が好きなんですよ。

ウメハラ なんで手を挙げなかったんですか？

ちきりん「4×8＝」なんて、競い合って手を挙げるほどの問題ですかね？　どうせひとりしかあたらないのだし、手の挙げ損じゃないですか。

ウメハラ　それじゃあ僕とたいして変わらない。そりゃあ嫌われますよ。

ちきりん　先生は私のほうを見て「手を挙げてない人はわからないのかな？」とか言うんですけど、私も意固地になって挙げなかった。だって、なんで手を挙げさせたいのか全然わからないから。手を挙げさせたい理屈があるのなら、それを教えてよって思ってました。

しかも小学校だと、ペーパーテストではたいした点差がつかないので、元気よくハイハイと手を挙げる子は5がついて、手を挙げない子は4になるんです。「それってどうなの？」って、ほんとーに気分が悪かったです。

ウメハラ　まぁでも、それはしょうがないですよ。

ちきりん　えっ、なんで？

ウメハラ　手を挙げない子はそこまで5が欲しくないんですよ。先生が手を挙げてほしいなら、素直にそれに従いましょうという子は、心から5が欲しいって先生にもわかる。だったらその子にあげようと。ちきりんさんや僕は、そこまで5が欲しくなかったんですよ。

ちきりん なるほど、そういうことか。

でもね、これがビジネスの世界だったら手を挙げるかどうかは関係ないでしょ。「キミはいつも元気に手を挙げてるけど、手を挙げてない人のほうが営業成績がいいんだよね」となったらおしまいです。

もっと言うと、いい点がつくから手を挙げますなんて人に、仕事ができるとは思えない。仕事ができるのは、なぜここで手を挙げる必要があるのか、しっかりと考える人だから。

ウメハラ 上司が何を求めてるのかは、よくわかる子になりそうですけど。

ちきりん あらら、ウメハラさんも皮肉とか言えるんですね!?

それにしても私たちはふたりとも、当時はなんだかんだとブーたれて先生に嫌われてたかもしれないけど、社会に出たらどこでも生きていける感じになってるでしょ?

ウメハラ 確かに、学校や先生に評価されなくても、全然困ってないですよね。

ちきりん それってやっぱり変だと思うんですよ。学校で教えられてることが、社会で役立つこととは別だってことだから。

日本が住みやすいのは学校教育のおかげ？

ウメハラ　でもね、ちきりんさん。僕は日本の学校って、実はすごく大事なことを教えてる、とも思ってるんです。

ちきりん　えっ、そうなの？

ウメハラ　だって日本ってめちゃくちゃ住みやすくて、いい国じゃないですか。それは日本の学校教育にもいい部分があるからじゃないですかね？

ちきりん　確かに日本は圧倒的に住みやすいよね。

ウメハラ　僕は毎年ラスベガスで行われるゲームの世界大会に行くんですが、そこで一番驚くのが、会場のトイレの汚さなんです。みんな便座を上げずにそのまま小便をしてて、もうとにかく汚い。大きなホテルだからトイレもたくさんあるのに、結局、全滅なんですよ。あれを見ると、やっぱり日本っていい国だなって思うんです。日本だとホテルのトイレどころか、駅のトイレだってそんなに汚くない。これこそ学校教育の成果じゃないですか？

ちきりん　確かに日本の学校って規律を厳しく教えますよね。遅刻しない、掃除をさぼらない、給食をキレイに食べる、それにトイレをキレイに使いましょう。

ウメハラ でしょ。学校って思考力をつけるだけじゃなく社会性を養う場でもあって、その面では日本の教育は非常に質が高いと思います。

ちきりん それはそうかも。ただ私は、ちょっと行き過ぎてる気もしてます。たとえば、子どもは授業の大半の時間、しゃべることもなく、ずっと先生の言うことを聞いてなくちゃいけないでしょ。質問も、先生がぜんぶ話してからするように言われる。

ウメハラ 勝手に質問すると怒られたりしますね。

ちきりん 海外の会議でも日本人は発言が少ないんだけど、あれって英語力だけの問題じゃないと思うんです。日本の学校で発言していいのは「この質問、わかる人?」って言われた時だけ。だから会議でも司会者から促されるのを待ってるうちに、意見を言いそびれてしまう。そういう受け身な姿勢を、学校の規律の中で刷り込まれてしまってる気がします。

ウメハラ 確かに行き過ぎはよくない。だけどこの、世界で最も住みやすい国を作り上げているのは、やっぱり日本の学校教育だと思うんだけどな。

ちきりん でもウメハラさん自身は、十分に規律を守ってるでしょ。打ち合わせにだって一度も遅刻しないし、便座だって上げる。よね？

ウメハラ 便座は上げますよ、もちろん。

ちきりん だとしたらそういう規律だって、学校以外で学べるってことでは？

ウメハラ ……そう言われれば確かにそうかも。

ちきりん 私、強烈に印象に残ってることがあるんです。前にウメハラさんと書店でトークショーをやったじゃないですか。あのお店、お客さんはビールを飲みながらトークショーを聴けるシステムで、だから私も開演前にビールを飲んでたら……、

ウメハラ 僕に「ビールなんて飲んでていいんですか？」って咎《とが》められた話ですね？

ちきりん はい。ウメハラさんは大人だから咎めたりはしないけど、信じられないって顔をしてました。夕方からのイベントだったし、その書店自体、お酒が飲めることをウリにしてる店だったから、私はなんの躊躇《ちゅうちょ》もなくお客さんと一緒にビールを飲んでたんです。

ウメハラ でもゲストはいいけど、ホストが飲んでたらマズいでしょ？ 仕事なんだから。

ちきりん おっしゃるとおりです。すみませんでした。でね、ウメハラさんて、そういう規律をどこで身につけたんですか？ ゲームセンター？ 学校じゃないでしょ？

ウメハラ どこだろう？　でもそういえば、僕はよく若いゲーマーたちに注意するんです。タバコやゴミを道に捨てるなとか、約束を守れとか。だって世の中の人はゲーマーなんて認めてないから、一度でもゴミを捨ててるところを見られたら「やっぱりまともな人間じゃない」と思われてしまう。だからそういうの、意識的に注意する。

ちきりん ほらね。ウメハラさんて学校では寝てたのに、私を含め学校でしっかり学んできた人が身につけてない規律まで修得してる。だったらやっぱり知識や思考力だけじゃなく社会性や規律だって、学校以外でも学べるってコトなんですよ。

学校にもっと競争を

ウメハラ それにしても学校って、リアルな社会とは掛け離れてますよね？

ちきりん ですね。ウメハラさんはどこでそう感じましたか？

ウメハラ 僕の場合はとにかく白黒はっきりさせたい性格だったので、勝ち負けを極力排除しようとする学校がすごくつまらなかったんです。

ちきりん 学校でもテストの点では勝ち負けをつけるじゃん？

ウメハラ　競争の物差しがひとつしかないのが変なんです。世の中に出れば、歌がうまいとか絵がうまいとか、いろんな形で勝負できるし、競争の物差しも自分で選べる。

それに学校って、何かが得意な子も不得意な子も無理やり平等に扱うでしょ。それが子ども心にスゴク嘘くさい感じがしたんです。しかもデキるようになったのは本人の努力の結果でもあるんですよ。それなのにみんな足並みを揃《そろ》えて歩かされる。これじゃあ、努力しても損する仕組みじゃないですか？

ちきりん　確かに学校は、「健全な競争の結果、勝者と敗者が出る」ってことさえ極端に嫌うコミュニティではありますよね。人間はもともと能力にも差があるし、努力の量や質が違えばさらに差がつくってことを、早くからわからせたほうがいい？

ウメハラ　ええ。生きていく上では闘って勝たなきゃならないんだって、できるだけ早い時期から教えたほうがいいと思う。ダメですかね？

ちきりん　具体的にはどうするの？

ウメハラ　たとえば学校の中に、もっと多くの競争を持ち込むんです。誰が一番力が強いか勝負しようぜとか、いろんなコトで競争させる。どれかひとつでも勝てればいいいし、負けることを学ぶのも大切です。だって実際の社会では、誰だってそういう評価にさらされるんですから。

ちきりん 確かにいろんなことで勝負させると、世の中の評価基準はひとつじゃない、何かで勝てなくても、他で勝てればいいんだ、ってわかって役立ちそう。今の学校だと「味覚が敏感」なんて、なんの価値もないように扱われるけど、料理家やソムリエ、食品の開発者からグルメ雑誌の取材記者まで、社会に出ればそれで生きていく道だってたくさんある。それなのに今の学校は成績だけで評価するから、その基準でダメだと「オレはどうせダメなんだ」ってなってしまいがちよね。

ウメハラ もちろん人生は競争だけじゃないってことも教えます。だけど、まず大前提として闘いがあるんだって教える。その前提を省略して、いきなり弱者に優しくしましょうって言われてもキレイごとにしか聞こえません。だから最初に、逃れられない部分をまず言う。「残念だけどみなさん、闘いはあります」って。

ちきりん その上で、フェアプレーや、敗者や弱者への思いやりがなぜ必要かを教えると。

ウメハラ 今は学校で「弱者に優しくしましょう」「みんな仲良くしましょう」って教えてお

いて、社会に出たとたん、「フッフッフ、実はあれは建前でな。世の中違うんだぜ」って言ってるみたいなもんですよ。

ちきりん 学校にいる間にいろんなことで競争させ、たとえ何ひとつ勝てなくても、だったらだったでそういう現実を前提にして、いったい自分はどう生きていけばいいのか、それを考えさせるってことね。

ウメハラ 完璧な人は誰もいないんだから、子どものうちから人それぞれに得意なこと、苦手なことがあるという現実に向き合うべきです。

先生と生徒の勝ち負け

ちきりん 競争といえば、ウメハラさんが授業中に寝てたのは、先生の負けなんだよね。

ウメハラ 先生の負け？　なぜ？　寝てたのは僕の責任でしょ？

ちきりん そうでもないんですよ。だって授業っていうのは、子ども40人を前に先生という役者が劇を演じてるようなものでしょ。もし劇場でお客さんが寝ちゃったら、おもしろくない芝居をした脚本家や役者のせいになる。なのに学校だと、寝てる子どものほうが悪いって話になる。おかしいと思いません？

ウメハラ それは新しい発想ですね……。

ちきりん 新しくないですよ。ウメハラさんが言うようにリアル社会の基本原則を学校にも導入するなら、授業をおもしろいと思わせられないのは、やっぱり先生の力不足です。

塾の先生は、今でもそういうプレッシャーにさらされてますよ。人気のある先生じゃないと生徒は集まらないし、最終的にはクビにもなる。公立の学校はほっといても子どもが通ってくるけど、塾の先生がつまらない授業をしたら誰も寄ってこない。だからこそ努力する。プロならお客さんを満足させるために、最大限の努力をしなくちゃ。

学ぶ意義を教えて選ばせる

ウメハラ 学校がどう変わるべきかという話で言うと、僕はやっぱり、「なぜ勉強しなければならないのか」を、もっとしっかり教えてほしかった。それがわからないと、テストで高得点を取ることに生きがいを感じる人以外は、勉強に興味が持てない。

ちきりん そういう「なぜ」が納得できないと、イチミリたりとも動かないのがウメハラクオリティですよね。

ウメハラ それ普通でしょ？　たとえば歴史なら「そんなこと言われたら歴史をもっと知りたくなるじゃん！」って思わせるくらい、ワクワクさせてほしかった。そうすれば、僕だって勉強する。もちろん反対に「やらないとこんなふうに困るよ」ってのでもかまわない。その上で学ぶかどうか、自分で決めろと言えばいい。

ちきりん えっ、自分で学びたくないと決めたら、学ばなくてもいいと？

ウメハラ 本人が学びたいと思わないことは、どうせ学べないですから。

たとえば僕が数学を教える側にいたなら、「あのな。数字に弱くても人間としての価値が低いわけじゃない。でも先生がゲームやマージャンをやってきた経験上、数字に弱いと勝負の世界では勝てないぞ」って言いますね。

ちきりん そんなこと言うわけだ！　で、ソレは困ると思った子は数学を勉強すると。

ところで、数学ができると勝負事に強いって本当ですか？

ウメハラ 数学って、ものすごく複雑な事象を単純化する学問だと思うんです。だから数学的な考え方のできる人は、「今は攻めたら損。守ったほうが得」と、頭の中で損得計算ができる。だから勝負事に強いんですよ。

ちきりん うゎー。あのね。私はホントに不思議なんですけど、ウメハラさんは数学なんて勉強したこともないのに、なんでそういう本質的なことがわかってるんですか？

ウメハラ なぜって言われても困りますけど、必要性があったからかな。

ちきりん おもしろいよねー。数学だって中学の時の成績表を比べたら、ウメハラさんより私のほうがずっと上だったと思うんです。でも、本質的には明らかにウメハラさんのほうが数学も得意なはず。やっぱり学校の評価なんて、まったく意味がない。

ウメハラ 勝負事以外にも数学を勉強するとどうなるのか、いいことも悪いことも最初にとことん時間をかけて理解させれば、みんなもっと意味がわかった上で勉強できると思う。

ちきりん うん。ん？ ちょっと待って。いいことも悪いことも？ 数学を学んで悪いことなんてあるの？

ウメハラ ありますよ。数字に強いってことは論理的ってことだから、裏を返せば「数字では計れないものもあることを忘れがち」「理屈っぽすぎて人から嫌われやすい」「理論に偏りすぎるとクリエィティブなものを生み出せない」といった負の面も考えられるでしょ？

ちきりん そっかー。そこまで徹底的に「この科目を学ぶとどーなるか」教えろと。

ウメハラ 各学年の最初にたっぷり時間をかけて説明すれば、生徒側も「これを学んでおかないとヤバイぞ」って思えるんじゃないかな。

ちきりん 将来なりたい職業がある子には、その職業に必要な科目は何かって、考えさせるのもいいかも。たとえば、「将来宇宙船を造りたい」と思っている子には、「そうなるためには、どの科目が必要だと思うか」と自分で調べさせたり。

ウメハラ やっぱり数学と物理かな？

ちきりん それは必須そうですね。でも、宇宙開発だと海外との関わりも避けて通れないから英語も要《い》る。あるいは、きちんとした文書を書けないと、文部科学省から研究予算をもらえないから国語も大事。みたいなことまで知ったら、どれも勉強する気になりそう。

ウメハラさんだって、「おまえ将来ＥＶＯ（Evolution アメリカ・ラスベガスで開催される世界最大の格闘ゲームイベント）に行くんだろ？ だったら英語がしゃべれたほうがいいんじゃないか？」って言われてたら、英語もまじめに勉強したんじゃない？

ウメハラ それはやったかも。

ちきりん そこまで徹底的に科目ごとの学ぶ意義や、学んだことの使い道を考えさせたら、あとは選択制にして、どの科目を集中的に勉強するか、個々人に決めさせればいい。今までのように、全員が全科目をまんべんなく学ばなくてもいいと思う。

ウメハラ 完全に同意ですね。必要性も理解できず興味も持てない授業を45分間とか50分、我慢して聞かされるのって完全に罰ゲームですから。

ちきりん それに将来科学者になるような子も、私みたいな「物理なにそれ？」な子と一緒に学ぶのは苦痛なはず。ウメハラさんが言ってたように、能力のある子の時間を無駄にするのはホントもったいない。選択制にして科目ごとの飛び級制度を作れば、中２の時に大学のレベルまでいけちゃう子だっているはず。

ウメハラ 確かに10代の時間ってめちゃくちゃ貴重ですからね。個人的にはその頃って、人生において最も吸収力の高い時期だと思ってるんで。

ちきりん 格闘ゲームも、10代でどれだけやったかが大事？

ウメハラ 科学的な根拠があるわけじゃないけど、そう思います。今30代の僕が勝ち続けられるのも、10代前半にとことん集中したからじゃないかと。あの時しっかりやり込んだから、頭にイメージしたことを正確に画面に反映させる技術が体にしみついていて、大人になっても崩れることがない。

ちきりん だとしたら、小中学校でまんべんなくいろいろやらせるのって、デメリットもありそうですよね。大人はよく、子どもの頃はいろんなことをやって、その中から好きなコトを見つければいいって言うけど、「いろいろやる」だと、何ひとつとして「とことんやる」ができなくなっちゃう。

科目選択は自分の人生を選ぶ練習

ウメハラ やりたいことや得意なことを選んで、集中して学ぶ、つまり専門化するのって、いつぐらいからがいいんですかね？　今は高校卒業までは皆ほぼ同じことを勉強するじゃないですか。でもそれだと、苦手な科目は耐えられないぐらいつらいし、得意な科目はあほらしい。ちょっと遅すぎて、いいことないって状況ですよね？

ちきりん 私はみんな同じように勉強するのは、小学6年生まででいいんじゃないかと思ってます。そこまでで読み書きとか四則演算とか、最低限、必要な勉強を終わらせて、あとはもう選択制にするから好きな道を走れと。

ウメハラ 確かにそれぐらいかも。だけど現実には、僕みたいにゲームが大好きだったり、「宇宙船を造りたい」みたいに、やりたいこと、なりたい職業がはっきりしてる中学生は少数派ですよね？ だとすると、大半の普通の子はまんべんなく学ぶしかないのかな？

ちきりん 私は特にやりたいことのない普通の子であっても、何かひとつを選んでそれを必死でやったほうが、よほど生きる力がつくと思います。

ウメハラ でも、そういう子にとっては、その「選ぶ」ってのが難しいでしょ？

ちきりん だからこそ選ばせるんです。なぜならそれ自体が、「できるようにならなくちゃいけないこと」だから。だって社会に出る時に、「自分では選べないから、誰か僕の仕事を選んでください」ってわけにはいかないでしょ？

ウメハラ そうか。「選ぶ力」も身につける必要があるってことですね。

ちきりん そう。中学校で学ぶ科目を選択制にするのは、中学生に将来の職業を今すぐ選べってコトじゃなく、自分の人生を自分で決める練習をさせようという話なんです。いつまでも「みんな一緒」じゃなくて、自分で選んで、みんなとは違う道を歩んでいくんだよってことを身をもってわからせる。

ウメハラ 意義はわかりますが、何も好きなコトがない子はどうすればいいんですか？

ちきりん 何かひとつ選んでみて、コレは違うと思えば、いくらでも変えればいいんです。学期ごとに科目を選びなおせるようにしておけば、いつでも方向転換できる。

ウメハラ 後から変えてもいいから、わからないなりにとりあえず選んでみろと。

ちきりん そうそう。自分が何をやっていきたいかなんて、考えたらわかるってものじゃないんです。いろいろ試行錯誤して、失敗して後悔して初めてわかる。だから特に好きなものはないって子ほど、「とりあえず決めてやってみる、それから判断する」っていうプロセスに追い込んだほうがいい。

ウメハラ 迷いながら自分の道を探していくってことですね。そういえば僕も、マージャンでプロを目指してみたり、介護の仕事をやってみたり、試行錯誤してますからね。

ちきりん そうやって自分の人生を見つけていくんだっていうコンセプトを、早めに理解したほうがいいんですよ。中学生にもなって、「選ぶ」のが早すぎるなんてあり得ない。

ウメハラ 親や教師は、まんべんなくやらせておいたほうが安心なんですよ。そのほうが、子どもの可能性が広がってくように見えるから。

ちきりん さっきの話ですよね。でも多くの選択肢をできるだけ遅くまで残しておくのって、時間を無駄にしてるだけとも言えるんです。ウメハラさんを含め何かの分野で一流になる人って、みんな中学生くらいには頭角を現してるでしょ？

でも実は私、それって普通の子も同じだと思ってるんです。レベルは違うけど、14歳にもなったら自分が好きなコト、適性があるコトは、おぼろげながらわかり始めてる。でもレベルがそこまで高くない子は、ホントにそれが自分の道なのか、今すぐ確認しろと迫られたりはしない。だから何も選ばずに、みんなと同じコトをやり続ける。

だけど私だって中学生くらいから何かを集中的にやってみてたら、とりあえず全科目勉強していい大学に進む、みたいなのとは違う人生があったかもしれないと思うんです。

ウメハラ ちきりんさんでもそう思うんだ……。学校だけじゃなく日本の社会全体が〝なんでもソツなくこなす人〟が優秀だと思ってるからかな。

ちきりん だから〝なんでもソツなくこなせるけど、何ひとつ特別じゃない〟人ばっかりになっちゃうんですよ。

第3章　目的

「なにより結果が大事！」 ちきりん

「ん？　結果よりプロセスですよ」 ウメハラ

結果なのかプロセスなのか

ちきりん 学校って、社会には競争があるってこと自体を教えない。でも私たちはふたりとも「世の中競争じゃん」と思ってますよね？

ウメハラ 思ってるというより事実ですよね。学校を一歩出たら誰もが競争にさらされる。特に僕はずっとゲームをやってたから、競争のない世界なんて信じられない。「どうしても結果を出したい。勝ちたい」とずっと思ってた。

ちきりん うんうん。その「どーしても勝ちたい」と思う気持ちが大事だよね。競争って結果がすべてだから、勝てなかったら意味がない。

ウメハラ あー、そこはですね、勝つという結果だけを求めるのは違うというか。本当に大事なのは結果に至るプロセスなんですよ。

ちきりん えー!?　それはウメハラさんが勝ってるから言えるキレイごとでは？

ウメハラ そんなことないです。競争がある以上、誰だって勝とうとするし、そのために頭も使う。でも勝つことが最終目的になってしまうのは違う。そうなると、たいていの場合、勝つためには何でもありになってしまう。ズルをしたり安直な方法に頼ったり……。だから勝つという方向を目指すのは正しいけど、大事なのは競争のやり方、戦い方です。

ちきりん ウメハラさんがそんなこと言うなんて超意外。だって「プロセスが大事」って言う人、ビジネスの世界ではたいてい成果が出せてないですからね。

ウメハラ そこまで言い切ります⁉

ちきりん すみません。ちょっと言いすぎました。でも結果を出せない人に限ってプロセスに逃げがちというのは、私の実感です。それに、学校でも家でも「よく頑張ったね」みたいな褒め方が多いんで、結果が出なくても「頑張ってさえいればいい」という誤解まで生まれてしまう。

ウメハラ プロセスが大事だと言うと、勝たなくていいってことになるんですか？

ちきりん ウメハラさんみたいな勝負の世界にいる人とは違って、世の中の大半の人は、「結果じゃないよ、プロセスだよ」って言われると、みんなで集まったまま、ちょっとずつ沈んでいくんです。勝負だとどんなに頑張っても勝てないことがあるけど、プロセスはやれば形が作れるからラクなんですよ。だからそっちに逃げる。

私が働き始めた頃の話なんですけど、ある朝いかにも「私は徹夜しました」みたいな状態で上司に資料を持っていったことがあるんです。化粧もせず髪の毛もぼさぼさで。そしたら、「その顔なに？　もしかして徹夜して頑張ったことをアピールしたいの？　悪いけどここは学校じゃないから、そんなことには何の意味もないよ。資料の出来だけが問題なんだから、おまえが徹夜したかどうかなんて何の関係もないよ」って言われたんです。

ウメハラ　厳しいですね。

ちきりん　当時の私には「結果はどうあれ頑張りさえすれば、とりあえず褒めてもらえるだろう」みたいな意識があったので、衝撃を受けました。それで初めて自分が学校的価値観に染められてたことに気づいて……。

でも、気がついてもそういう価値観から脱皮するには、すごい時間がかかりました。だから今はプロセスじゃない、結果がすべてだと思うようにしてるんです。

勝負だからこそプロセスが大事

ウメハラ　僕の場合、ちきりんさんとは最初の立ち位置がまったく違うんです。僕はゲームから始めてるから、最初は結果がすべて。「勝ちゃあいいんだろ」って思ってました。

ちきりん 勝てばいいんでしょ？　ゲームなんてまさに。

ウメハラ ところがそうじゃないんです。それを僕はゲームセンターで学びました。

ちきりん 勝ってても評価されないんですか？　ゲーセンて。いったいどういうコト？

ウメハラ 今は「ストリートファイター」みたいな対戦型の格闘ゲームもネットでできますが、当時はゲームセンターに集まって対戦するしかありませんでした。

ちきりん だから連日通ってたんだよね？　しかもその頃からかなり強かったんでしょ？

ウメハラ 強かったですね。異常な執念で打ち込んでたし。でも当時の僕は〝強いキャラクター〟を選んで、そればかりでプレーしてたんです。

ちきりん 強いキャラクター？

ウメハラ 格闘ゲームって、最初に自分の分身となるキャラクターを選ぶんです。で、それぞれのキャラクターは何種類かの武器を持ってます。

ちきりん 持ってる武器の威力に違いがあるってこと？

ウメハラ そうなんですけど、その違いは単に強いか弱いかだけじゃないんです。キャラの中には、「使いこなしやすい、簡単で強いキャラ」と、「使いこなしにくい、難しいけど強いキャラ」がいます。当然、「簡単に扱える強いキャラ」を選ぶ人が多い。

ちきりん 普通はそれを選びますよね。

ウメハラ 僕も最初はそうでした。勝ちゃあいいんだろって思ってましたから。そしたらある日、ゲームセンターの常連でまとめ役みたいな人にトントンって肩をたたかれたんです。「君、強いね。うん、強い。でもさ、それはもうわかったから、ちょっと使うキャラクターを変えてみたら？　たとえばこれとか」って。すごく優しくなんですけど、そう言われたんです。で、勧められたとおりにやってみたら……、

ちきりん ウメハラさん、学校では先生の言うことなんか聞かないのに、ゲームセンターでは大人の言うことを聞くんだ!?

ウメハラ 学校では疎外感があったけど、ゲームセンターに集まってる人は仲間だと感じてたから。ただ、「なんでそんなこと言われるんだろう？」とは思いました。

ちきりん で、そのキャラクターを使ってみたわけね？　そしたら？

ウメハラ びっくりしました。すごくおもしろかったんです。同じゲームなのに奥の深さが

全然違う。そして同時に、今まですごくラクして勝ってたんだってことにも気づいた。

ちきりん その難しいキャラクターでも勝てた？

ウメハラ いえ、勝てるようになるまでかなり時間がかかりました。今までとは違うレベルの思考力や工夫が求められたので。

ちきりん 難しいキャラを選ぶことで、思考する必要が出てきたんだ！　でも突き詰めれば一番重要なのは、それでも最後は勝てたという結果じゃないの？

ウメハラ いや、そうじゃないです。というのも、キャラを変えて負け続けてるにもかかわらず、やたらと常連の人たちから話しかけられるようになったんです。で、彼らと仲良くなっていろいろ話をしていると、今まで自分がやってた「簡単で強いキャラで勝ち続ける」というやり方が、いかにくだらないと思われてたか、身にしみてわかりました。

ちきりん はーん。そういう勝ち方をしてると、一人前だと認めてもらえないんだ！

ウメハラ あんなに勝ってたのにたいして評価してもらえてなかったんだと気づいて、すごくショックでした。その時、「たとえ勝負事であっても、ただ勝てばいいわけじゃない」って学んだんです。

ちきりん　おもしろい。勝つのと尊敬されるのは違うってことですね。でもそれ、もしウメハラさんが最後まで結果を出せてなくても同じことが言える？

ウメハラ　う〜ん、どうだろ。性格的に「勝たなきゃ発言権がない」と思ってるから、口にはしないでしょうね。でも心の中では同じ結論に達すると思います。

さっさと勝ちたい学校エリート

ウメハラ　新しいゲームがリリースされた当初は、そういう簡単で強いキャラクターを選んで、そのキャラが持ってる強い武器をどう使うかだけ考える人が圧倒的に勝ちやすい。ところが最初は勝てても、それだとそのうち勝てなくなるんですよ。

ちきりん　なぜ？　同じキャラをずっと使ってたら、慣れてきてさらに強くなりそうなのに。

ウメハラ　不思議でしょ。理由は、それをやってると何も考えなくなるからです。簡単なキャラを使った戦い方って、型にはまってるんです。こうやればいいという定式があって、それをそのままやってるだけ。だから時間がたてば他の人もできるようになるし、相手も対策を立てやすい。しかもひとつの方向に洗練させてるだけだから、一定のところで成長も止まってしまう。

ちきりん なるほどー。

ウメハラ でも逆に、僕が勧められて選ぶようになったキャラクターは、操作は難しいけど、工夫が生きやすいというか、技術介入度がすごく高いんです。

ちきりん どう戦えばいいのか、もっといい方法があるんじゃないかと試行錯誤を続けることで、それまで見えてなかった高みに到達できるんだ！

ウメハラ はい。しかも難しいキャラは使ってる人も少ないから、対策もされにくい。一見効率は悪いけど、長期的には圧倒的に勝ちやすくなります。

ちきりん それがウメハラさんの言う「結果よりプロセスが大事」であり、「勝つことと勝ち続けることの違い」なんだね。そしてその過程で、ウメハラさんは今の思考力を培ったと。

ウメハラ そうです。小さい頃、父からは「人の意見を鵜呑《うの》みにしていたら、自分の道を切り開けない。必ず自分で考えろ」って繰り返し言われてました。その上で、実際に思考力が身についたのは、やっぱりゲームによってです。1回勝つだけじゃなくて勝ち続けたいと思ったら、自分で考えるしかないと気がついたんです。

ちきりん　とはいえ目の前に勝ちやすいキャラと難しいキャラがあったら、私はやっぱり前者を選ぶだろうな。私みたいな学校エリートって、結局そういうことが得意なんですよ。要領よくテストの点を取ると評価されるわけだから、どうすれば勝ちやすいのか、それを見つけるのがすごくうまい。

大学入試の科目選択だって、「ホントは日本史のほうが好きだけど、点が取りやすい世界史を選ぼう」とか「生き物に興味があるけど、物理のほうが得意だから生物は選ばない」みたいなことをする。ほんとに馬鹿げてます。

ウメハラ　ゲームだってそういうプレーヤーのほうが圧倒的に多いです。強い武器に頼って決まった型で戦えば、短時間で80点が取れるから。

ちきりん　勉強と同じですね。ちゃちゃっと80点を取る子が賢い子。

ウメハラ　そういうやり方って、新作ゲームがリリースされるスパンが短ければすごく有効なんです。実際、昔の格闘ゲームのスパンってだいたい1年ぐらいでした。だからゲームのリリース後、遅くとも半年後に開かれる全国大会で優勝さえしちゃえば、そのゲームの王者として認められる。だったら扱いやすくて強いキャラを使って勝てばいい。ゲームのスパンが短いと、要領よくさっさと結果が出せる人が勝者になる。

ちきりん それも学校に似てますね。中間だ期末だ入試だと、テストはタイミングが決まってます。だからそこで良い点を取るだけなら、一夜漬けで暗記して、翌日は何も覚えてなくてもいい。まさに私みたいな人が得意なパターンなんですけど。

ウメハラ ところが今は格闘ゲームのスパンが延びたんです。つい最近までやってた「ストリートファイターⅣ」なんて7年以上続きました。そんな長い期間、型にはまった戦い方をしてると、それを見て、「なるほど、そういうプレーなんだ」って、他の人でも真似《まね》をしたり対策したりする時間的な余裕が生まれる。だから次第に勝てなくなる。

ちきりん 長期間の勝負になると、要領のよさとか効率のよさだけでは勝ち続けられないってことね。まさに学校と仕事、もしくは、学校と人生の違いですよね。一夜漬けの能力だけで仕事ができたりはしない。だから学校エリートと仕事ができる人って、同じじゃないんです。

ひとりで国内トップか、みんなで世界へか

ちきりん さっきの話の中で、勝つことより仲間から尊敬される戦い方をするコトが大事だって話があったじゃないですか。キャラの選び方も含めて。

ウメハラ ええ。

ちきりん その「仲間に尊敬されること」って、プロとして必要なことなんですか？　確かに尊敬されるのは嬉しいですよ。でも、「オレは別に尊敬されなくてもいいよ。勝てばいいんだから」みたいなヒール（悪役）っぽい考え方もあるのかなと思って。

ウメハラ ああ、それね。それは、そうじゃないんです。実は、仲間から尊敬されないような状態だと、結局は勝てなくなるんですよ。

ちきりん なぜ？

ウメハラ 格闘ゲームはトップレベルだとコンピュータより人間のほうがまだ圧倒的に強いんです。だから強くなるには、できるだけ多く〝強い人〟と練習する必要がある。

ちきりん 嫌われてると誰も練習相手になってくれないとか？

ウメハラ そこまで露骨でもないけど、たとえば、ある特定のキャラを練習したい。だからそのキャラをメインに使ってるあいつに練習対戦を申し込みたい。しかも、今日はこういう練習をしたいから、こういう戦い方をしてくれと依頼したい、みたいになると、やっぱり相当の信頼関係がないと頼めないし、受けてもらえませんよね。

ちきりん そんな細かい依頼をするわけ？　そうやって一緒に高みを目指すんだ！

ウメハラ はい。でも実はこういうことやってるの、日本だけなんです。

ちきりん えっ？　アメリカとかではやってないの？

ウメハラ やってないです。というのも、僕は自分が発見した技とか有利な戦い方について、他のプレーヤーにも教えてしまうことが多い。あんまり隠さないんですけど、

ちきりん なんで？　尊敬されるため？

ウメハラ 違いますよ！　教えたからって、僕がそいつらに勝てなくなるわけじゃないし、むしろ彼らが強くなって、練習相手として意味のあるレベルになってくれたほうが自分も得だからです。

ちきりん すごい戦略的。

ウメハラ　でもアメリカだと、そういうことは行われない。アメリカでは毎月のように賞金の高い大会があるんで、次々やってくる目の前の大会で勝つことが優先されて、みんなで高め合ってレベルを上げようなんて話にはならないんです。

ちきりん　だから国全体のレベルとして、日本のほうが圧倒的にアメリカより高いんだ！

ウメハラ　そうです。あと、みんなで高め合うような関係を築くには、プレーヤー同士に深い信頼関係が必要なんですけど、自分の国の中で勝ちたいという気持ちが強すぎると、ライバルと協力しようって気になれないでしょ。

ちきりん　自国でトップになることだけを考えるなら、同じ国のメンバーと戦う時、使うキャラをころころ変えてみたり、奇襲で攻めてみたりして、協力するより〝だまし討ち〟みたいなことをするほうが勝ちやすいってこと？

ウメハラ　極端に言えばそういうことです。でもそれだと、国全体のレベルは上がらない。

ちきりん　おもしろーーい。それもビジネスと同じだ。ある業界で自社がトップになればいいのか、業界全体のレベルを上げていくのか、それによってやるべきことが違ってくる。

日本って昔はどの業界も欧米に追いつけ追い越せだったでしょ。そういう状況だと、トヨタが日産に勝つとか、新日鉄が日本鋼管に勝つことより、オールジャパンでレベルを上げて、日本全体として世界に認められることのほうが、よほど大切だったんです。

だから日本のメーカーって、生産管理とか品質管理の手法みたいなある種の企業秘密まで、隠さず他社に教えちゃうんですよね。アメリカだと各企業がコンサルを雇ってそういうノウハウを買わなくちゃいけないんだけど、日本だと取引先企業にまで社員を送り込んで手取り足取り、無料ですごい手厚い指導をしてレベルを引き上げる。そうやって日本の業界全体のレベルがどんどん上がっていった。

ウメハラ まったく同じですね。それって今も続いてるんですか?

ちきりん んー。今までそういうことをやってきたのって、主に製造業なんです。最近は産業全体の中でサービス業の比率が高いんだけど、サービス業って、これまであんまり世界で戦うことを考えてきてない。だからみんなで協力して全体でレベルアップしようという発想が薄いのかもしれない。

でもよく考えたら、これから世界に出ていくサービス業や、あと、レベル的に世界から引き離されてしまってるような産業、たとえばウエブやＩＴ関連の業界とかでも、そういう発想は役立つのかもしれない。

早く行くのか、遠くを目指すのか

ちきりん でも格闘ゲームの分野で日本だけそうなってるのも、結局のところ日本にはウメハラさんがいるからじゃないんですか？

ウメハラ そうだと思います。

ちきりん ……そういうこと言うのに、まったく躊躇《ちゅうちょ》しないところがスゴイです。

ウメハラ だって事実ですからね。

ちきりん 確かにトッププレーヤーが、自分と相手の差が縮まるのを承知で惜しみなくノウハウを開示しないと、そういうグループは形成されないよね。

ウメハラ ですね。身近な人を警戒してノウハウを隠すと、大きな目標が達成できなくなる。そういう話は実際に体験したらよくわかるんですけど、一度も経験がないとなかなか理解できない。

だから今後は海外チームのレベルを上げることにチャレンジするのもおもしろいかなと

思ってます。たとえば僕がアメリカやアジアにまで首を突っ込んで、「こうやって全体で強くなっていくんだぜ」ってのを実際に見せていくとか。放っておいてもそういう動きにはならないので。

ちきりん それも他国のレベルが上がってくれれば、それによって自分ももっと強くなれそうだから、ってことね？

ウメハラ ええ。加えて、各国のレベルが拮抗《きっこう》してるほうがゲーム自体も盛り上がるし、結果として強いプレーヤーも集まりますから。

プロとして業界を盛り上げ、さらに強くなるには何が必要か真摯《しんし》に考えれば、日本のレベルが高いことを喜んでるより、海外のレベルも引き上げたほうがいい。合理的に考えてそう判断してるんです。強くなるには「隠してた技を大会の時に初めて使う」みたいなことをするんじゃなく、さっさとオープンにしたほうがいいってのと同じです。

ちきりん 世界で勝ちにくくなる日本の他のプレーヤーにとってはあんまり嬉しくないかもですけど、長期的な格ゲー界の発展のためには確かにそのほうがよさそう。

ウメハラ 知り合いから聞いたんですが、アフリカのことわざに「早く行きたければ一人で進め。遠くまで行きたければ、みんなで進め」って言葉があるんだそうです。まさにそうだと思いますね。

ちきりん それ、よくわかります、日本企業ってね、日本人男性だけで意思決定をしたがるんです。女も外国人も入れたくない。日本人男性に関しても、仕事第一じゃない奴はダメ。価値観の違う奴は仲間に入れたくない。理由は、そのほうが「早く行けるから」です。同じような価値観の人だけで意思決定すると、摩擦も少なく効率的にさっさと進める。

でも、インド人やら中国人やらシリア人やらが入り始めたら、「早く」は進めない。いちいちめんどくさい。でも、「遠くに行く」には、明らかにそっちのほうがいい。多様性を欠く組織では刺激が少なくて発想が拡がらないし、クローズドな環境って人間関係が固定するので、遠慮や上下関係が生じる。だから「遠くに行く」ためには、オープンで多様性に富んだ組織になることが必須なんです。でもその転換がなかなかできない。

ウメハラ 早く進むために最適化された組織は、遠くまで進むというレースでは力が発揮できないってことなんですね。

第4章 評価

「どうやったら人気が出るの？」

ちきりん

「自分のアタマで考えてください」

ウメハラ

ネットでは学べないもの

ちきりん 格闘ゲーマーの中には「自分もウメハラさんみたいになりたい！」って思ってる人がたくさんいそうだけど、どうやったらそうなれるのか、みんなわかってるのかな？

ウメハラ いやー、わかってない人が多いんじゃないかな。何が自分と〝ウメハラ〟の違いなのか。

ちきりん でもそこがわからないと追いつけないですよね？ 自戒を込めて言えば、学校エリートって、「あの人に追いつきたければ、これを練習すればいいいですよ、これとあれができるようになればいいんですよ」みたいに方法論が明確になってるとできるんだけど、方法自体を自分で見つけろと言われると困ってしまう。

ウメハラ それこそ「自分のアタマで考えよう」ってやつですよ。

そういえば最近は、インターネットの対戦だけで強くなる人もいるんです。オンライン対戦も簡単にできるし、トッププレーヤーのゲーム対戦動画も見られる。だから以前はゲームセンターに行きやすい東京に住んでるだけで有利だったけど、今や、わざわざゲーセンに行くのはお金も時間もかかって効率悪いって考える人もいるほどです。

なんだけど、そうやってうまくなった人って、やっぱりちょっと違うんですよね。何か足りないものがあるっていうか。

ちきちん ネットだけでは学べないものがあるんですか？

ウメハラ 相手を納得させるとか、見てる人を楽しませる方法っていうのは、動画やインターネットから得られる情報だけでは育ちにくいのかも。ネットだと相手やギャラリーの顔が見えないから、「つまんねぇ勝ち方だな」って思われてても気がつかない。

ちきりん それは問題？

ウメハラ 大きな問題だと思います。うまいプレーヤーとか強いプレーヤーじゃなくて、観客を驚かせ、興奮させるプレーヤーがいないと業界の人気は高まらないから。

ちきりん それはそうですね。ネットからの学びだけだと、どうやったらそういうプレーができるようになるか、学べないんだ。

ウメハラ オンライン対戦だと、「こういうプレーこそ、みんなが見たいと思ってるプレーなんだ」とか、「こんな勝ち方はあり得ないだろ？」「こんな奴、誰も尊敬しないよ」みたいな空気感が得られないんでしょうね。それはやっぱり、ゲームセンターでいろんな人の話を聞いたり、仲間やファン、それに観客の反応を見ながら覚えていくしかない。

ちきりん それってまさに「市場」の評価ですよね。マーケットの評価と言ってもいいけど。

ウメハラ マーケットの評価？

ちきりん マーケット、つまり市場では、顧客が求めてる価値を提供できる人が現れると取引が成立する、というか評価されるんですけど、その価値が何なのか、案外わからないものなんです。たとえば歌や踊りのうまさという価値を提供してる歌手より、一生懸命頑張ってる姿を提供してる歌手のほうが評価されたり……。

ウメハラ ＡＫＢとか？

ちきりん おぉ、ウメハラさん、さすがにＡＫＢくらいになると知ってるんですね！

あれは秋元康さんが「市場が求めてるものは何か」ってのがすごくよくわかってて大成功してる例なんですけど、学校エリートってそういうことがなかなかわからないんです。

ウメハラ なんでわからないのかな？

ちきりん 「歌手は歌のうまさで評価されるもの」という思い込みがあるからです。学校って先生が教えたこと、教科書に載っていることをどれぐらい深く理解し、正確に暗記したかを数値化して成績をつけるじゃないですか。

ウメハラ 1とか2とかね。

ちきりん 3以上の数字もあるんですけど。

ウメハラ らしいですね。

ちきりん うん……でもね、学校で尊敬されてたり人気がある子って成績がいいだけじゃないでしょ？　他の子に対する振る舞いとか先生への態度とか、子どもだってそういうのを見て「あいつはスゴい」とか「あいつはイマイチ」みたいに総合的に判断する。

でも学校の評価には、そういうのはまったく入らないんです。テストの点で計れるものだけが成績表に載り、生徒会長でしたとか、作文大会で入選しましたみたいな、形になったものだけが評価される。でないと不公平だから。

人気＝市場の評価

ウメハラ それはそれで合理的では？　先生が人格的に完璧なはずはないから、ひいきとか理不尽な評価をされるより、客観的な評価のほうが納得できる気がする。

ちきりん だけどリアルな社会では、結局そういう不公平な方法で評価されると思いませんか？　金メダリストなら全員、同じように尊敬され、同じように人気がある、ってわけでもない。たとえばウメハラさんだって、負けることがあるでしょ？

ウメハラ もちろんですよ。長く負け続ける時期もあるし。

ちきりん それでもウメハラさんは、神として尊敬され続けるじゃないですか。ウメハラさんが調子悪い時に連戦連勝の人がいても、その人が「ウメハラより上」とはみんな思わないでしょ？

ウメハラ 自分ごとだと言いにくいけど、確かにそうですね。勝ち負けだけでなく、別のところで評価してもらってると思います。

ちきりん そういうのだって、その時期ウメハラさんより勝ってる人から見れば不公平に見えると思うんです。でも仕方ない。それがマーケットの評価なんですよ。学校的な評価だと勝率という数字だけで評価されるけど、世の中はそうなってない。

ウメハラ それってまさしく「結果がすべてではない」ってことでは？　さっき話した、プロセスが評価されるって話と同じに聞こえるけど。

ちきりん あ、そっか……確かに勝ち負けという結果だけじゃないって意味ではそうですね。でもポイントは、リアルな世の中では「何が評価されるのか」「どうすれば評価されるのか」という基準が、明確にされてないってことなんです。だからその基準を嗅ぎ分ける能力自体が問われる。

たとえば格闘ゲームだって、こうやればウメハラと同じように尊敬されますよ、みたいなノウハウレシピは存在しないでしょ？

ウメハラ しません。そんなの、あるわけない。

ちきりん ですよね。それは他の分野でもまったく同じで、何が評価されるのかは、自分で嗅ぎ取っていくしかないんです。しかも時代や場所が変われば、評価されるものも変わってしまう。だからある時点で誰かに「今はこれが大事なんだよ」と教えてもらえても意味がない。大事なのは「今この市場では何が求められているのか」、それを嗅ぎ取るスキルなんです。そしてそのスキルこそが、

ウメハラ マーケット感覚？

ちきりん　そのとおり！
　100点取った人が偉いとか、偏差値が高い人が偉いといった「これができれば褒められます」的な学校的価値観が刷り込まれてしまうと、何にでもわかりやすい基準があると思い込んでしまって、「どうすれば評価されますか？」って聞くような人になっちゃう。そういうコトを続けてると、マーケットが何を評価してるのか、自分で気づく能力が失われてしまうんです。
ウメハラ　確かにゲームの世界にもそういう人はいるかも。試合ではそこそこ勝てるのに、人気が出ない。しかも自分ではその理由もよくわからない。
ちきりん　それですよ、それ。まさに市場で何が評価されてるのか、わからないという状態。でも格闘ゲームの場合はウメハラさんというお手本があるから、「ああいうふうにならないとマーケットは評価してくれないんだな」ってことはわかりやすそう。
ウメハラ　でしょうね。
ちきりん　あ、また出た、オレ様キャラ……。
　まぁともかくビフォー・アフターで言うと、ビフォー・ウメハラの格闘ゲーム界においいては、みんな大きな大会で優勝すればそれでいいんだと思ってたわけですよ。それがアフター・ウメハラの時代になると、実績や勝率はもちろん大事だけど、「おおっ!」って思わせるような何かがないと、プロとは言えないよねって変わってきたわけ。

「世界大会で優勝すればトッププレーヤーでしょ? 一番強いんだから一番人気あるはずでしょ?」っていうのは、「学校でいい点取れば一番偉いんでしょ?」っていうのとまったく同じです。でも、リアルな世の中はそうはなってない。

ウメハラ ブログの世界ではどうなんですか? ページビューとか、客観的評価以外のものもあるんですか?

ちきりん ブログも同じです。文章や中身がおもしろいブログはいくらでもあるけど、人気が出るかどうかは、まったく別問題。内容的にはすばらしいのに、まったく知られてないブログとか、たくさんあります。しかも「炎上したり有名人に紹介されれば注目されて人気が出る」とかいう誤解まであって、無用な策を練って墓穴を掘る人も多い。

ウメハラ 人気ってね、ない人からすると本当にどうしていいかわかんないんですよ。なぜアイツは人気があってオレにはないのか、答えがないからすごく悔しいだろうと思う。

ちきりん 学校的価値観を刷り込まれていると、「オレのほうが勝ってるのに、なんでアイツのほうが人気なんだよ」ってなりますよね。「オレのほうが成績がいいのに、なんで評価されないんだよ」ってのと同じで。

ウメハラ 確かに学校にまじめに通ってた人のほうが、点数や勝率など数字的なものに敏感かも。たとえば「また負けたのか」って言われると敏感に反応するけど、「おまえ、情けない奴だな」と言われても気にもしないというか、軽く受け流してしまったり。

ちきりん それおもしろい。その「受け流しちゃってる何か」がマーケットが求めてるものかもしれないのに。

三大屈辱語

ちきりん ウメハラさんにとって一番屈辱的な言葉って何ですか?

ウメハラ うーん……「情けない」は嫌ですね。あとは何だろう。

ちきりん 「ずるい」は?

ウメハラ 「ずるい」も嫌だな。それと、「つまんない奴」とは言われたくないですね。

ちきりん 「つまんない」っていろんな意味が含まれてますもんね。すると、「つまんない」「情けない」「ずるい」あたりが三大屈辱語かな。

……これって学校的価値観とは何かを端的に説明できるキーワードかも。

だって学校だと、この生徒は「つまんない」か「つまんなくないか」、「情けない」か「情けなくないか」なんかで評価したりしないでしょ。「ずるい」は良くなさそうだけど、少々ずるくても成績が良ければそれでいい。そういうのが学校的価値観なんです。だからそれに染まると、情けないかどうかより成績のほうが気にかかる。

ウメハラ 僕は勝ち負けの世界にいるので、数字的な結果についても無視はできません。とはいえ、つまんないかどうかは、それより圧倒的に大事ですね。

まあでも学校的価値観が刷り込まれた人にとっては、そういうの、とっつきにくいですよね。「つまんない」ってすごく主観的で、人によって解釈も違うから。

ちきりん ですね。学校的価値観の人からすれば、「基準をはっきりしてくれ！」って言いたくなるでしょう。その点、学校でずっと寝てたウメハラさんは有利なのかも。私なんかへたに要領よくできたがために学校的価値観を刷り込まれ、そこから脱皮するのがえらい大変だった。自分基準で自分が見られるようになるまで、長い時間がかかりました。

ウメハラ それはご苦労さまです。

ちきりん 学校的価値観に毒されると、すべてにテストの点のような客観的な基準が存在してると思い込んでしまうんです。勉強だけじゃなくて、仕事選びとかパートナー選びに関しても、こういう基準で選べば成功しますよって誰かに教えてほしくなる。

ウメハラ そんな他人の基準を欲しがるなんて信じられない。僕は「与えられる基準」が嫌で、常に自分で基準を作ったり探したりしてた。だから不安だったのは、この物差しでホントに合ってるのかってことのほうでした。

ちきりん 物差しの是非について考える人は、学校エリートにはなれないです。与えられた物差しに疑問を持つヒマがあったら、その物差し上で一番大きな数字をたたき出そうと頑張るのが学校エリートだから。

ウメハラ でもそういう人だって、実は早くから「ホントにこの物差しでいいのか？」と、うすうす疑問を感じてたってことはないですか？　目をつぶって生きてきただけで。

ちきりん どうしてそう思うんですか？

ウメハラ　ゲームの場合、勝ってる限りごまかしがきくんです。自分のプレーに納得してなくても、あんまり人気が出なくても、勝てば気にならない。ところが負けたとたんに、負けたこと以上に、そういう問題が重くのしかかるんです。

それと同じで、心の中では「なんか違う」と思っていても、とりあえずうまくいってる間は目をつぶって生きられる。でもレールが途切れた瞬間に、心の中にずっと前からあった問いと向き合わざるを得なくなる。それでいきなりつらくなるんじゃないですかね。

ちきりん　つまんない状態はずっと前からだけど、学校の成績が良かったり、会社の業績や給料もいいと、自分の中の疑問に向き合わずに済んでしまうってことですね。だとすると外部環境がいいのも善し悪しですね。本質的な問題に気づくのが遅れちゃうんだから。

マーケットはプロセスを評価する

ウメハラ　市場の評価とか人気の問題と、前に話した「結果かプロセスか」という話はつながってる気がしますね。

たとえば僕にとっての大切なプロセスって、安直な勝ち方を選んでいないか、常に考え、試行錯誤して新たな技を試し続けているか、その技を体得するために誰よりも努力してきたか——言い換えれば、ズルをしない、楽をしない、リスクを取ってチャレンジを続け、誠実に戦ってきたか、みたいなことなんだけど、市場ってちゃんとそういうプロセスを評価するんですよね。

ちきりん そうなんです。市場って「何が評価すべき価値なのか」を即座に理解するから。でも勝負の場合、やっぱり結果が出なければ意味がない気もするけど。

ウメハラ 「結果を出す」という言葉の意味もちょっと違うのかもしれない。勝ち負け自体はいろんなことに左右されるので、勝った負けたに一喜一憂してもしかたない。だからこそ僕が重視するのはプレーの内容なんです。

今回トライしたプレーが、今後の高い勝率につながると思える動きだったなら、たとえその対戦で負けてても、プロとして結果を出したと思えるし。

ちきりん 勝負の世界にいる人が「プロとして結果を出す」という言葉の意味を、そんなふうに定義してるんだと理解できたのは、今回ほんとに大きな学びです。よく聞く「明日につながる負け」ってそういう意味だったんですね。

じゃあ、マーケットの評価、つまり「勝っても負けてもウメハラスゴイ！」っていうギャラリーや仲間からの評価については？

ウメハラ それは、プレーの内容が「すごい！」と感じてもらえるかどうかなんですけど、すごいプレーって何かって言うと、今言ったプロセスや考え方が、戦い方に滲《にじ》み出ているプレーのことだと思うんです。だからやっぱりプロセスが大事だって話になるんですけど。

ちきりん たしかにウメハラさんのプレーって、私みたいな格闘ゲームをよく知らない素人でも画面から目が離せなくなるというか、心震えるものがありますよね。素人の私でこうなんだから、そりゃー格ゲーをやってる人にとっては、この人は〝神〟なんだろうなと思います。とはいえ、そこまで「結果じゃない、プロセスなんだ」っていうのは、やっぱりウメハラさんのような立場だからこそ言えるような気も。

ウメハラ そんなコトないです。だって競争である限り、全員が勝者になれるわけがない。でしょ？　もし結果がすべてだとしたら、大半の人、つまり敗者はどうなるんですか？

ちきりん 確かにそうだけど……。

ウメハラ 大事なのはまっすぐに戦うこと。それで勝てればもちろん素晴らしいけど、負けてもいいんです。戦い方において自分に恥じることがなければ、負けても堂々としてればいい。たとえ負けても、その戦いによって、自分がどれだけの者として生まれてきたのか、自分の立ち位置や、自分のやってきたことの価値がわかるんですから。

ちきりん そんなふうに思えるなんてほんとにすごい。確かに結果が大事と思いすぎると、負けた勝負は振り返るのもイヤになります。ナゼ負けたのか、考えるの自体がイヤ、早く忘れたい。そして、どうやったらさっさと勝てるようになるか、そればっかり考え始める。そういう人が強くなったりはしないってことですね。

ウメハラ 勝負の結果、もしかしたらビリかもしれません。というか、勝負って必ずビリの人も生み出しますから。それでも誠実に、人間的に信頼される生き方や戦い方をするほうが、最終的には良い結果につながると思うんです。

少なくとも僕は、誠実な敗者には誠実に対応します。だけどプロセスを大事にせずズルをしてると、負けた時に誰も味方になってくれない。総すかんになっちゃうんです。

第5章　人生

「興味を持つ範囲が広いですね」
ウメハラ

「ウメハラさんが狭すぎるんです」
ちきりん

ゲームから離れたのも成長するため

ウメハラ この辺でちょっと「いい人生って何なの？」って話をしたほうがいいのかもしれない。

ちきりん いよいよ人生論？

ウメハラ だって誰だって「いい人生」を送りたい、そのための方法を知りたいと思ってますよね？　そして学校って本来、そのためのスキルを教えるところですよね？

ちきりん 確かに自分で考える力に始まって、人間関係の作り方から社会性まで、すべての「学び」は人生をより良くするため、より豊かな人生を手に入れるためのものだよね。

ウメハラ 学校ではものすごく長い時間を過ごすわけだから、本来はそこにいる間に「いい人生を送るために必要なコト」はすべて教えてほしい。なのに果たして今の学校って、そういうことを教えてくれてるんだろうか、ここまではそういう話をしてきた。だったら、そもそも「いい人生」とは何なのか、そこから考える必要があるかなと思って。

ちきりん では私から聞きましょう。……ウメハラさんの人生っていい人生？

ウメハラ 剛速球な質問ですね。そうやってストレートに聞かれたのは初めてかも。

ちきりん ウメハラさんが今までそういう質問をされなかったのは、インタビューする側に、好きなゲームの世界で頂点に君臨できてるんだから、いい人生に決まってるじゃんって思いがあったからかも。でも何をもっていい人生と思うかは人それぞれだから、一応聞いてみようかなと思って。

ウメハラ なるほど。じゃあ結論から言うと、めちゃくちゃいい人生だと思ってます。でも、それは成功したからじゃない。

ちきりん それホント？

ウメハラ ホントですよ。実はアラブの国もゲームが盛んなんで、僕も時々大会に行くんですけど、あの辺のお金持ちってすごいんですよね。

ちきりん ケタが違いますよね。マイケル・ジャクソンを私邸に呼んで、自分の家でコンサートを開かせたりすると聞いたことがあります。

ウメハラ でも僕、そういう人の豪邸に行っても、まったく羨《うらや》ましいと思わないんです。楽しそうだとも幸せそうだとも思わない。だって彼らは一生、なんの努力をする必要もないんですよ。
僕が生きる喜びを感じられるのは、考えたり努力したり、なにより成長する機会が得られてるからです。なんとか一歩でも前に進まないといけない。そういう状況が楽しさの源だから、大成功してすべてが手に入って「毎日遊んで暮らしてください」って言われたら、まったくいい人生じゃない。

ちきりん ウメハラさんってほんとーに、成長オタクですよね。

ウメハラ 成長を実感できないと生きてる気がしません。今はちょっとでも立ち止まったらすぐにヤバくなっちゃうっていう緊張感がある。だからいい人生だと思えるんです。

ちきりん そんな人生、私だったら疲れてしまいます。私は何か具体的な目標があったら、それを達成するのに必要最小限の努力しかしたくない。それに、昔からそんなに強く「成長したい」と思ったこともない。諦めることも悪くないと思ってるし。
でもウメハラさんも、20代で一度、ゲームをやめたじゃないですか？　あれは成長への諦めじゃないんですか？

ウメハラ あれも諦めではなく、より成長できる場所を探しての決断であり行動でした。あの時は「このままゲームを続けていても前へは進めない、成長できない」と感じたので、いったんゲームの世界から離れたんです。

ちきりん そうなんだ。スゴイ話ですね。すでに世界一にまでなってたのに、これ以上の成長が望めないって理由でゲームをやめちゃうなんて。

ウメハラ 僕はゲームという分野で誰もが驚くような高みに達して、格闘ゲームや僕という存在を社会に認めさせたいと思ってた。ところが17歳で世界一になって、その後いろんな大会でいくら勝っても、状況はまったく変わらない。

「世界最強の格闘ゲーマー」と言われても、食べていけるようにさえならない。ゲームセンターを一歩出たら、僕の意見なんて誰も聞こうとしない。毎日毎日バイトをしながらゲーセンに通うだけ……これじゃあここに居続けても、これ以上の成長は見込めないと感じたんです。

ちきりん 成長のためにそこまで大好きなゲームを離れ、あえて別の分野を探しに行こうとしたなんて……ちょっと切なすぎます。

半径2メートル以内vs.2キロ以上先

ウメハラ 反対に、成長なんてどうでもいいって言ってるちきりんさんはどうなんですか？いい人生ですか？

ちきりん うん。私もめちゃくちゃいい人生だったと思ってます。

ウメハラ えっ、なぜ過去形なんですか？

ちきりん 現在完了なのかな。もういい年だし、いつ人生が終わっても「めっちゃいい人生だったー」って思えるから。

私が一番好きなのは、世の中ウオッチなんです。子どもの頃から世の中の仕組みにすごく興味があって、社会が変化するのを見てるのが何より大好きでワクワクする。できれば死んだ後も雲の上から、これからの世の中がどうなっていくのか、ずっと先まで見ていたい。だから社会派ブロガーというポジションはめちゃめちゃ楽しい。

ウメハラ でもそれだと世の中の動きに左右されますよね。たとえば江戸時代みたいに鎖国して、世の中がずっと変化しなかったらどうするんですか？

ちきりん　オランダ船に乗り込んで、密航しちゃったかも。
　てかバブル崩壊後、日本経済が停滞した10年から20年ぐらい、本当におもしろくなかったんです。「なんで世の中こんなに変わらないの!?」「もしかしてこのままま
ったく変わらないつもり!?」って。だからあちこち海外に旅行して、刺激を求めてました。変化の激しいアジアに移住しようかとも考えてたんです。
　だけどここ10年くらい、技術革新やグローバリゼーションの影響で日本も変わり始めて、またすごくハッピーです。自分のことを「混乱ラバー」って呼んでるんですけど、次々と変化が起こって、この先どーなるかよくわからない状態が大好き。
ウメハラ　……ちきりんさんて、スゴくいろんなことに興味を持つ性格ですよね。
ちきりん　えっ！　あはは。それ、めっちゃ笑えます。
ウメハラ　？？　何がそんなにおもしろいんですか？
ちきりん　私があれこれ興味を持ちやすい性格なのはそのとおりなんですけど、ウメハラさんにそんなことを指摘されるのがおもしろくて。だって私は反対に、ウメハラさんが興味を持つ範囲が狭いことにびっくりしてるんです。

ウメハラ 確かに僕は、社会の動きにも流行のスポーツやファッションにも、まったく興味がないですね。ニュースも見ないし、税金とか年金がどうなってるのかも知りません。というか、知りたいと思ったこともない。

ちきりん なんでなのかな？

ウメハラ 小学校の頃から、皆がやたらと流行《はや》りモノに群がるのが嫌だったんです。学校に行くと、クラスの全員が「○○の新曲、聴いた？」とかやってるじゃないですか。その曲がホントに好きならいいけど、そうじゃなくて「今のトレンドだから知ってて当然だよ」みたいな言い方をするでしょ。

ちきりん 「えっ、あのドラマ見てないの？　信じられなーい！」とかね。

ウメハラ そうそう。そうなると、最初は興味がなかった子も周りの話題についていくためにそのドラマを見たり、流行ってる曲を聴いたりし始める。そういうのがホントに嫌で。好きでもない音楽聴いて、見たくもないドラマ見て……それがないとおまえら友達関係を維持できないのかよって思ってた。

それで、みんなが話題にしてることに興味を持つこと自体がどんどん嫌になっていったんです。当時は「オレだけはクラスの空気には屈しねえぞ」みたいに意地を張ってたんですけど、それがいまだに続いてる。

ちきりん さすがにオリンピックとかワールドカップだと興味がある？

ウメハラ ないですね。へえ、今やってるんだって感じ。

ちきりん 日本が負けたら悔しいとかないの？

ウメハラ ぜんぜん。

ちきりん 筋金入りだね。

ウメハラ でも、そのぶん自分の興味あることはめちゃくちゃ深掘りしますよ。

ちきりん 知ってますよ。それってゲームとか、家族や仲間たちとか、自分の半径2メートル以内のことですよね。

ウメハラさんて、ほんと半径2メートルを超えたことに関心ないでしょ。私は逆で、半径2メートル以内にはまったく興味が持てないんです。興味があるのは半径2キロより外側の、社会とか世界とか、世の中のことばかり。

ウメハラ だから人生で大事にしていることも、僕は自分の成長だし、ちきりんさんは世の中の変化を見てることなんだ。

ちきりん ですね。私は半径２メートル以内のことには、極端な話、自分の人生にさえあんまり興味ないんです。自分の人生が成功じゃなくても、世の中がおもしろければそれでいい。たとえ自分個人の幸せが手に入っても、退屈な世の中に住み続けるのは堪《た》えがたい。

ウメハラ なるほどー。

ちきりん それとね、さっき「ちきりんさん、何にでも関心ありますね」って言われて笑ったのにはもうひとつ理由があって……ウメハラさんて、ほんとに自分でよく見てトコトン納得できてからじゃないと判断をしないんだなって思ったんです。

ウメハラ どういうことですか？

ちきりん だって私たち、もう何十時間も話をしてるでしょ。そんな長く話してようやくウメハラさんは、私がいろんなものに関心を持つ人だっていう結論を出したんです。

ウメハラ それ、変ですか？

ちきりん 変じゃないけど、普通の人はもっと早く結論を出すんです。私と話して３時間後くらいには、「ちきりんさん、いろんなことに興味ありますね」って言う。

ウメハラ それは早いかも。

ちきりん 他者に興味を持つ人は、最初からこの人はどんな人かなって考えながら相手を見てるし、だいたいこんな人だろうという先入観もあるから、結論が早いんですよ。

ウメハラ 僕はあんまり興味がないから……。

ちきりん そう。だから笑ったんです。ようやく私がどんな人間かってことに興味を示してくれたのね、というか、結論が出たのね、と思って。どんだけ時間かかるんだと思って笑えました。

ウメハラ そういうことだったんですね。いきなり吹き出されたから、何かおかしなことを言ったのかと心配しましたよ。

既製品としての「いい人生」

ウメハラ 僕たち違うところも多いけど、でも、似てるところもありますよね？

ちきりん 似てるのは、どちらも自分基準で生きてて、他者の評価に依存してないところかな。既製品の「いい人生」を追い求めてるわけじゃなくて、とても自己満足的に、「他者がどう言おうと自分はこうだから幸せです」という感じ。

ウメハラ 自分の人生なんだからそれは当たり前かと。

ちきりん そうでもないんですよ。「いい大学を出ていい会社に入れたからいい人生」とか、女性だったら「結婚して子どもを産んで、それで初めていい人生だと思える」とか、ある種の「いい人生の型」みたいなのが存在してて、それと照らし合わせて自分が幸せかどうか、判断する人もたくさんいる。

ウメハラ ちょっと考えられないけど。

ちきりん だから、大企業に入れなかったというだけで絶望しちゃったり、たいして結婚したくもないのに「とりあえず婚活！」みたいな人も出てくるんです。学校教育が、そういうパターン化された「いい人生」を手に入れるために何をすべきか、教えてるからかも。

ウメハラ そうか！　だからか！

ちきりん なになに？

ウメハラ 学校のことをつまらないとか、中身がないとかさんざん批判してきたけど、学校だってみんなが「いい人生」を送れるよう役立ちたいと考えてるはずですよね？　だとしたら学校での学びってきっと、「学校的価値観におけるいい人生」を手に入れるのに役立つんですよ。だけど、ちきりんさんや僕の「いい人生」は、そういう既製品のいい人生からは掛け離れてる。だから学校で学んだことが役立たないって気がしてるのかも。

ちきりん ああそうかも！

だとすると私は、その学校的価値観が提示するところの「いい人生」ってのが、ほんとに多くの人を、その人なりの「いい人生」から遠ざけてると思ってるんです。

ウメハラ どういうことですか？

ちきりん 学校って卒業した瞬間に、できるだけ大きな安定した船に乗りましょうって教えるんです。「船は大きければ大きいほどよくて、大きな船に乗りさえすれば一生安泰です」って。学校を卒業する瞬間に人生が決まっちゃうみたいな感覚を持たせるから、多くの学生が卒業時にできるだけ大きい船に乗ろうとする。

ウメハラ まあでも、大きな船には安心感がありますよね。僕はすごく不安でしたから。「みんな船に乗っていくのに、俺だけ乗らないで大丈夫なのかな？」って。今にして思えば船なんて乗らなくてもなんとかなるし、実際、今だって自力で泳いでますけど。

ちきりん 私の場合は、最初そこそこ大きな船に乗ったんですよ。でも、それってホントにつまんない人生だなと思って、途中で船を降りたんです。降りる時は不安だったけど、降りたらなんとかなるって気づいた。船に乗ってる時は、「船から降りると大変な世界が待ってるよ」と脅されてたけど、そんなの嘘だった。

だから、船にずっと乗ってる人たちに向かって、「みんな降りたほうがいいよ！ おいで、楽しいよ！」ってブログや本で煽ってるんです。でもみんな、なかなか降りてこない。

ウメハラ 大量の時間やお金を投資してようやく手に入れた船なんだから、簡単には捨てられないでしょう。僕的には船の大きさより、乗ってる船が自分が行きたい場所に向かってるのか。そっちのほうが大事ですけど。

ちきりん ですよね。しかもこの「大きな船に乗り込んで、いい人生をゲットしよう！」ってコンセプト、時間感覚も変なんです。

ウメハラ 時間感覚？

ちきりん 今、「いい人生？」って聞かれたら、ウメハラさんは、今この瞬間がいい人生かどうかを考えますか？ それとも80歳とかになる何十年も後のことを考えますか？

ウメハラ そりゃあ今ですよ。80歳になっていい人生だったと思うかどうかは、その時になってみないとわからない。

ちきりん ですよね。だけど大きな船に乗っている人の多くは、まさにその何十年か後にいい人生だったと思えるかどうかを現時点で考えて、船に乗ってるんです。

ウメハラ どういうこと？

ちきりん 今は船の中はたいして楽しくないけど、ずっとここにいれば、80歳の時にはきっと「いい人生だった」と思えるはずだと、そう信じてるんです。だから船を降りた人に対して「おまえ今、楽しくないだろ？」じゃなくて、「そんなところにいたら、老後に大変だぞ」とか言うんですよ。なんでそんな先のことを基準にして今の判断をするのか、まったくわからない。

ウメハラ 確かによくわかりませんね。まあでも本人がそれで幸せなら、僕たち外野がとやかく言うことはないですよね？　僕は僕で勝手にやるし、もし迷っている人がいるなら、「こっちの人生もアリだよ」とアドバイスはするけど……。ちきりんさんは、なんでそんなに他人の人生に口を出すんですか？

ちきりん　えっ？　いや、そんな口出ししてるつもりはないんだけど……。だって大きな船だっていつまでもつか、もはや誰にもわからない時代でしょ？　だからホントにそこに居ていいの？　いま人生が終わっても、ほんとに「いい人生」だったと思える？　って、常に問いかけたいんです。それでも自分はここに居ますって言うなら、もちろんそれでいい。それがその人にとっての「自分の決断」だから。

ウメハラ　なるほど。問いかけることで、意思の再確認を促してるわけですね。

思考停止のための呪文

ちきりん　ところで私たちは、どっちもやりたいことをやれているから「いい人生」だと思ってるでしょ？　ってことは、やりたいことがやれないと、いい人生は手に入らないのかな？

ウメハラ　そんなことはないでしょう。もちろん一度しかない人生、やりたいことをやれたらすばらしい。でも世の中には、何らかの事情でやりたいことを選べなかった人もいれば、やってはみたけど、うまくいかなかったという人もいる。でもその人たちの中にだって、

「いい人生」を送れてる人はたくさんいるはず。

ちきりん ……それ、具体的にはどういうイメージ？

ウメハラ たとえば僕の父は、子どもの頃から剣道一筋でかなり強かったらしいんです。で、それを職業にしようと考えたんだけど、「剣道で飯が食っていけるか！」と祖父に大反対されて、結局、普通のサラリーマンになりました。でも今、父にいい人生かどうかを尋ねたら、たぶんイエスと答えると思う。

ちきりん なんらかの理由でやりたいことができなくても、結果としていい人生になることはあるってことね。

ウメハラ ゲームの世界でも、僕にはうまくいってない仲間のことが常に念頭にあるんです。どの世界も同じだけど、やりたいことをやってもみんながみんな満足感を得られるとは限らない。むしろ、挫折《ざせつ》や失敗をする可能性のほうがはるかに高い。

ただ、彼らだってゲームの世界で成功できなかったとしても、それでもって「いい人生じゃなかった」とは言えないと思うんですよね。

ちきりん 言いたいことはわかります。だとすると、「やりたいことは成就できなかったけど、いい人生だった」と思える人の条件は何ですか？

ウメハラ ひとつは、自分で人生を決めたっていう納得感があることかな。

ちきりん ウメハラさんのお父さんも、剣道は諦めたけど、それは自分で決めたことだから

——自己決定したから、納得感があるってこと？

ウメハラ そうだと思います。

ちきりん 確かに、さっきの話みたいに就職活動の時、とりあえず大企業だからとか、人気企業だから、親や先生に勧められたからとかで決めると、そこそこ成功しても「ほんとにいい人生だった！」って言い切れない何かが残るのかもしれない。あと、「俺も年貢の納め時でさ。扶養家族が増えちゃったから、本当は別の仕事をやりたいんだけど、今の仕事を我慢して続けることにしたよ」とか言ってるのもどうかと思う。

ウメハラ それもありがちですね。まあ、そうなってくるとどこまでが自己決定で、どこから流されてるのか、ややわかりにくいけど。

ちきりん 既製品の「いい人生」を選ぶ理由として、妻子、年老いた親、住宅ローンとかを言い訳に使うからわかりにくくなるんです。

ウメハラ でも家族のために夢を諦めるって自分で決めたなら、それはそれで自己決定した人生ですよね？

ちきりん ちゃんと考えてそういう結論に達したなら、そうです。でもね、そういう呪文みたいな言葉、たとえば「家族のため」とか「親のため」という言葉を唱えると、思考停止に逃げ込めるっていうのもまた事実だと思うんです。

ウメハラ 呪文か……。

ちきりん 思考停止を正当化できる呪文。それさえ言っとけば、それ以上なんも考えなくていい、みたいな呪文。でもそうやって大事な場面で思考停止に逃げ込んでしまうと、自分自身と向き合えないままになってしまう。家族はもちろん大切です。だからって、自分は本当は何をやって生きたいのか、それをうやむやにして「いい人生」はあり得ない。

ウメハラ つまり自己決定の前に、誠実に自分自身と向き合って考え尽くしたのか、ってことが大事なのかな？

ちきりん 自分と向き合うって、言葉は簡単だけど難しいんですよね。「これは本当に自分の意思なのか、世間がそれがいいと言ってるから、そっちを目指してるだけなんじゃないか」って、常に迷いがつきまとう。

ウメハラ しかも自分で決めることがつらいとか怖いって人もいるでしょうね。自分で決めることが、思考停止に逃げ込みたくなるぐらい怖いという人。

ちきりん そうですね。人生に正解があると考えてる人の場合は、自分で考えるより誰かに正解を教えてもらいたいっていう発想もありそう。

ウメハラ でも自分と向き合うのを避けてると、どこかでツケが回ってきますよね。その場は逃げられても、「自分が本当にやりたいことは何だったのか」って考える場面が、いつかやってくる。先送りにすればするほど、向き合わざるを得なくなった時には年を取ってるわけで。そのタイミングがあまりに遅すぎると、「今ごろ気づいてももう遅いよ。人生を無駄にしちまったな」ってことになりかねない。

ちきりん そうならないために、いったん思考停止を選んだら、もう一生、思考は再稼働させないんですよ。今さら考え始めちゃったら、もうどうしようもないって気づいちゃうから。そこで唱えるのが「もう自分もいい年だから」って言葉。これもひとつの呪文です。

勝ち組の人生論？

ちきりん とはいえ私たちがいくら「いい人生」について語っても、必ず反論されるでしょうね。「そんなの、自分たちが成功したから言えることだろ」って。

ウメハラ 間違いなく言われますね。

ちきりん 私だって熱烈なファンから見ればやや教祖的になってしまってるし、ウメハラさんに至っては、〝神〟ですからね。だけど、はっきり言って、ウメハラさんのいる分野も私のいる分野も、世間からみると超ニッチで、知らない人は全然知らない。

ウメハラ 格闘ゲームなんて、ゲームの中のさらに小さな一分野だし。

ちきりん ブログだって、テレビや新聞といったマスメディアに比べたら「なにそれ？」ですよ。一般の人は〝ちきりん〟なんて誰も知らない。それなのに私たちは、「あり得ないぐらいいい人生だよね」って盛り上がってる。つまりいい人生なんて、しょせんは自己満足というか、自分目線での自己評価なんですよね。

ウメハラ 他人と比べてもいい人生にはならないですから。

ちきりん うん。ただね、社会的な評価はどうですか？「いい人生」だと感じるために必要だとは思わない？

ウメハラ どうかな？ 経済的な成功はそんなに大事じゃないけど、社会的な評価はあったら嬉しいですよね。自信になるし、さらなる頑張りの原動力になる。たとえばゲームとは関係のない一般誌が特集を組んでくれたら、やっぱり嬉しい。

ちきりん そこ、すごく難しくて。私のブログは今でこそ人気があるけど、最初の3～4年は読者はごくわずか。それでも、毎日嬉々として書いてたわけですよ。本当にやりたいこと、好きなことって、他者に認められなくても気にならない。もちろん認められたら嬉しいんですよ。だけど、なくても困らない、なぜならそれがゴールなわけじゃないから。

ウメハラ 確かに社会的な評価がゴールだったら、高い評価を得た時点で人生の目標が達成されて、終わっちゃいますよね。「ウメハラ・ナンバーワン」って評価がゴールで、達成後は偉そうにして暮らすだけになったら全然おもしろくない。

ちきりん それに社会的評価が目的だと、すごくテクニカルな頑張り方になる。有名になるにはどういうメディアに露出すればいいか、みたいな本質的じゃないことに時間を使うことになるから、これもまた「いい人生」からは遠ざかる。
ウメハラ つまり、社会的評価は励みにはなるけどゴールにはならないってことですね。結局のところ、「おまえ、いい人生を送ってるじゃん」って言えるのは、自分以外にはいない。
ちきりん ですね。……なんだけど、その「外からの評価じゃない。自分で自分を評価すればいいんだ」っていうのも、勝ち組だからこそ言えることだったりしない？
ウメハラ そうですね。うん。やっぱりこれは「勝ち組の人生論」でしょう。
ちきりん おっ、言い切った！
ウメハラ もし「勝ってるからカッコいいこと言えるんでしょ」って言われたら、胸を張って言いたいです。「当然じゃないですか」って。
ちきりん これはまた気持ちがいいほどの上から目線ですね。
ウメハラ だって僕たちが成功してなかったら、誰もこんな話に耳を傾けないでしょ？勝ってるからこそ発言権があるんですよ。
ちきりん まあね。それに私たち、たとえ成功してなくても、同じことを考えてただろうし。
ウメハラ うん。だから僕としてはこんな感じなんです。「俺たち勝ってるから言わしてもらうよ。でもこれは、成功するずっと前から考えてたことなんだからな」って。僕の場合、そのために勝ちにこだわってきた部分もあるんで。

ちきりん そうか。ウメハラさんの場合、誰も認めてくれなくても、自分の中ではずっと同じことを考えてた。ただ、社会への発言権を得るためには外部からの評価が必要だった。だからそれが得られた今、堂々と「これは勝ち組の人生論です」というのもオッケーなのかもしれない。

ウメハラ ちょっとタカビーですかね?

ちきりん ……ちょっとじゃなくて、かなり?

第6章　職業

「やりたいことがあるのは幸せ」

ちきりん

「いや、それが結構つらいんです」

ウメハラ

ギャンブルだけど、やるしかない

ちきりん ウメハラさんみたいに小さな頃に「これだっ！」ってモノに出会って、それ一筋で追求してきた人って、その分野で結果が出なかったらすごくつらいよね？

ウメハラ その道で食べていけるかどうか、まったくわかりませんからね。努力の質と量が足りなくて失敗するケースが多いとは思うけど、だからといって努力すれば確実にうまくいくわけでもない。僕が格闘ゲームを選んだのだって、一種のギャンブルです。

ちきりん 才能や努力の問題もあるだろうし、社会が変わってしまうというリスクもありますよね。選んだ種目がオリンピックから外れちゃったり、プロになる制度、たとえば野球のドラフト制度が変更されたり。

ウメハラ そういったリスクも含めて、確率的に極めて分が悪い。もし「いい人生」を稼いだお金の額で測るなら、こんなの効率悪すぎですよ。大成功すれば１００億円稼げるとしても、成功者が１００人にひとりなら、平均１億円ですから。

ちきりん 会社員の生涯賃金が２億円から５億円と言われているんだから、普通の人と比べても期待値が低すぎますよね。

ウメハラ まさにギャンブルです。

ちきりん でも職業選択がギャンブルだっていうのは、一般の人も同じかも。だってすごく勉強していい大学を出て一流企業に入ったのに、45歳でリストラなんて人は大勢いるし。

ウメハラ それとは確率的にだいぶ違うでしょ？ スポーツとか芸術っていうのは会社員を選ぶより遥《はる》かにギャンブル性が高いのは間違いないです。

ちきりん 確かに。だとすると、小さな頃に「コレだっ！」って分野がある人って、必然的にリスキーな人生を選ぶことになるの？

ウメハラ そういえば前にテレビで、ボクサー志望の10歳ぐらいの男の子を特集してたんです。その子、「絶対に世界チャンピオンになる！」ってジムに通ってめちゃくちゃ真剣に練習してて、家でも一生懸命トレーニングしてる。

いいなあと思って見てたんですけど、実際にはボクシングってすごい厳しい世界じゃないですか。練習はきついし殴られりゃ痛い。減量も大変。成功しても選手生命は短いし、場合によっては大ケガをして後遺症も残る。なのにボクシング一本で食べていくのは日本チャンピオンレベルでも難しい。普通に考えたら、あんまり得じゃないスポーツなんです。

ちきりん そう言われればそうかも。

ウメハラ だけどその子がそういう現実を知ったとしても、ボクシングが心底好きっていうのはたぶん変わんない。知ったからってやめられない。そこまで過酷で条件もよくないスポーツを好きになっちゃったのは「解けない呪い」をかけられたみたいなものなんです。

ちきりん 解けない呪い！　こわー。人生を賭けたいほどのモノが小さい頃に見つかるって、すばらしいことだと思ってたけど、そういう見方もできるんですね。

ウメハラ 呪いだから損得関係なく、もうやらないわけにはいかないんです。才能の有無すら関係ない。もしその子が親に止められてボクシングをやめてしまったら、「俺、もしあのままボクシングに打ち込んでたらどういう人生だったんだろう」っていうモヤモヤを、ずっと引きずって生きていくことになる。

ちきりん やってもやらなくても苦しい人生が待ってるわけだ！

ウメハラ そんな気持ちを抱えたまま生きていくんじゃ、たとえその子が他の分野でそれなりに成功しても、いい人生とは思えないですよね？　だから成功するかどうかは置いといて、いい人生を歩むためには、その子はもうボクシングをやるしかないんです。

ちきりん すごい納得感の高い説明でした。小さな頃にそんな呪いをかけられた子どもが一定数いるってことなんですね。ウメハラさんにとっての格闘ゲームもそうだった。

ウメハラ そうです。でもね、僕の場合、20代前半で一度「やっちまったな」と思ってゲームの世界を離れた時も、誰も恨めなかった。それはまさに自己決定してたからです。自分がバカだったんだって思うだけで、後悔はなかった。

ちきりん そういう時の気持ちって、そこまで好きなモノがあるわけじゃない私みたいな人間には想像しがたいです。私ならちょっとやってみて違うと思えば他のことをやればいいけど、スポーツ選手とか画家とか音楽家とか、小さい頃からひとつの道をまっしぐらな人って、どこかの段階で「あなたはその道では成功できません」って言われても、〝気持ち的なつぶし〟がきかないというか、敗北を受け入れるのが不可能なくらい難しそう。

ウメハラ まあそうなんですけど、それでも自己決定した上でとことん頑張ったなら、受け入れられるんじゃないかな。敗北が受け入れられない人の多くは、とことんやってないんですよ。そして自分でもそれがわかってる。後悔が残るとしたらソコなんです。

自分の器をあがいて知る

ちきりん ウメハラさんは紆余曲折《うよきょくせつ》あったけど、最終的には成功してますよね？ もし成功できてなかったら、もしくは今でもプロゲーマーという道が存在しなかったら、それでもゲームを選んだことを「いい人生だった」と言える？

ウメハラ 言えますよ。今、僕が「おまえ、いい人生を送ってるじゃん」と自分自身に向かって言えるのは、もちろん成功したという結果もあるけど、「ココこそが自分の道だ」という納得感があるからなんです。その納得感はたとえ敗北してても、もしくは今みたいに認められてなくても、得られてると思います。

なぜかと言うと、とことんまで頑張って、あがいてあがいてあがき尽くすと、自分の器というか、〝分〟みたいなもの、役割とか居場所みたいなものがわかってくるから。

ちきりん どういうこと？

ウメハラ とことんあがくと、自分という人間がだんだん見えてきて、これ以上は高望みなんだなとか、自分はもうここより上には行けないんだなっていう、位置づけが見えてくるんです。もともと運命的に与えられている「自分はこれぐらいの人間なんだ」っていう器の大きさがわかってくるんですよ。

ちきりん その「これくらいの人間なんだ」っていう気持ちに対する納得感が高いことが、「いい人生だ」と感じられる理由になってるのね？

ウメハラ そうです。僕の場合、子どもの頃から自分には格闘ゲームしかないとは思ってたけど、当時はそれが自分に与えられた〝器〟だと納得できてたわけではないんです。

ところが一度その道を諦めて、他の仕事までしてあがきまくった末にたどり着いた「やっぱりここしかない」っていう感覚は、子どもの頃の「ゲームしかない」とは明らかに違うレベルの納得感です。そういう、本気出して真剣にあがいた経験を経ないと、このレベルの納得感は得られない。

ちきりん もし日本に最初からプロゲーマーの世界があって、あがく必要なくプロゲーマーになれてたら？

ウメハラ もし中学1年生の時にいきなりスカウトされて、「我が社がスポンサーになってプロゲーマーにしてあげますよ」って言われてたら、僕は断ったかもしれない。

ちきりん えっえっ、なんで？

ウメハラ それを受けちゃうと、その時点で僕ができることの上限が決まっちゃうじゃないですか。そんな段階で「自分はこの程度だ」とは認められない。

ちきりん ぜんっぜんわかんないんですけど。すごい好きなことがあって、めちゃくちゃ得意で、それで食べていける道が目の前にすっと開けたら、飛び上がって喜んでその道を進むのが普通では？

ウメハラ でも僕は、子どもの頃、誰かに「おまえはこれを目指せ」と言われてたら、「勝手に決めるなよ。オレはそんな小さいものには収まらないよ」って反発したと思います。

ちきりん ……凡人にはよくわからない世界です。

ウメハラ 格闘ゲームっていうのが、すごく狭い世界だと思っていたからかもしれません。ゲームは特別な存在だけど、こんな狭い世界に自分の人生を規定してしまっていいのか、「俺にとっての〝人生のこれ〟は本当にゲームなのか」ってずっと迷ってたから。

ちきりん ふーーーーーむ。

ウメハラ 今、僕が「いい人生」だと思えてるのは、何年も罪悪感や不安感に苛《さいな》まれながら、悩んで葛藤して苦しんだ時期があるからこそなんです。そのプロセスを通じて確固たる〝納得感〟が得られたから、今の生き方に満足できてるんです。

ちきりん でもね、ウメハラさんはその迷いのプロセスに入る前、17歳ですでに世界チャンピオンになってますよね？　世界チャンピオンになっても得られなかった「これこそ自分の道だ」という納得感が、介護の仕事とか、全然関係ない仕事をしながら悩んだ日々によって得られたってことなの？

ウメハラ 世界チャンピオンになっても世間の認識が変わらないという現実に直面したことで、「これじゃないのかも」という気持ちが強くなりました。だからむしろ世界チャンピオンになってから、本格的な迷いの時期が始まったんです。

ちきりん 世界チャンピオンになるのはウメハラさんの最終ゴールじゃなかった？

ウメハラ 明らかに違います。僕は自分の進む道に対して「この道だ！」という確固たる思いを持ちたかった。それに必要なものが、世界で勝てば手に入るのかと思ってたらそうじゃなかった。だから悩んだんです。

ちきりん 今、私が理解したのは、ウメハラさんほどの人でも「自分はコレで行くんだ」って確信するのが、それほど難しいんだなってことです。

普通の人は、自分のやりたいことを見つけるのにすごい苦労する。だからやりたいコトを見つけられた人を、とても羨ましいと思ってるんです。そういう立場から見ると、ウメハラさんなんて小さな頃に自然な形で天職と出会えてて、すごく羨ましく思える。

でも、そうじゃないんだね。私はよく「自分のやりたいことが見つからないんです」っていう悩み相談を受けるんだけど、ウメハラさんがそこまで悩むなら、普通の人がそんな簡単に好きなことを見つけられないのも当然かも。

ウメハラ ゲーム以外のことをやってみたら、俺ってホントに普通の人以下なんだってヒシヒシとわかったんですよね。そして、自分という人間がくっきりと見えてきた。「他の分野での自分の器ってこんなもんなんだな。だとしたらやっぱり格闘ゲームが、自分に与えられた役割なんだな。じゃあもう迷わずゲームをやっていこう。その中で努力して、その中で成長を目指そう」って決めることができました。

ちきりん 話を聞いてると、諦めみたいにも聞こえます。他に何も見つからなかったから、仕方なくゲームだ、みたいな。そんなはずないのに、とっても不思議。

ウメハラ 諦めではないけど、あがくことでしっくり収まったんです。だから今は子どもの頃のような心のざわつきもないし、まさに自分にふさわしい役割を果たしてるという確信があります。逆にそういった納得感がなかったら、たとえプロへの道が拓《ひら》けてもゲームの世界には戻らなかったかもしれない。

ちきりん そこまでの〝しっくり感〟を得ようと思うと、相当にもがきあがく経験が必要そう。そういえば私の場合も、いい大学、いい会社っていう大きな船に乗って「何か違う」とは思ったけど、「やっぱココでしょ！」って思える場所にたどり着くまでには、相当の紆余曲折が必要だった。そういう〝もがきあがく体験〟ってすごい貴重なんだね。

しかも今回ウメハラさんの話を聞いてわかったのは、事実として自分の好きなコトができてる、人より圧倒的にうまくできてるってことよりもさらに、「これこそが自分の進むべき道だ」って腹落ちすることが大事なんだってことです。そう思えてこそ、たとえ成功できなくても自分の器として納得できると。

ウメハラ 器って成長の限界ってことじゃないんですよ。この器が自分にとっての人生のフィールドで、つまりここが自分の領分で、その中で頑張ればいいんだなと確信できたら、すごく「いい人生」だと思うんです。

ちきりん しかもそれは頭で考えただけじゃダメで、実際にアレコレ試してあがいて腹落ちしてることが必要だと。

ウメハラ 頭の中で考えただけでは、後々までずっと「もっとできたハズじゃないか」「やっぱり、あれをやっとけばよかったのでは?」という気持ちが残っちゃいます。

ちきりん そういう納得感こそが大事なんだっていうのは、いつ気がついたんですか?

ウメハラ 僕自身、自分の器を知りたいという目的意識を持ってあがいたわけではなく、むやみやたらにあがいていたら、その結果として自分の器を知ることができた。だから経験して初めてわかりました。やっぱり敗北も含めて実際にいろんな経験をしないと諦めもつかないし。諦めっていうとネガティブに聞こえますけど、いい意味での諦めっていうか。

ちきりん 悟りみたいなものだよね。こういうモノなんだな、生きるって、みたいな。

ウメハラ 人間、往生際が悪いから、他の人にはできるのに自分にはできないことって、トコトンまで思い知らされないと、本当の意味での諦めがつかないんですよ。だから僕もいろいろ苦手なこともやったし、得意だと思ってたけどやってみたら続かなかったこともあったりと、とにかくあがき抜いたから納得がいっているんです。今はもう未練や迷いがいっさいなくなって、「ゲーム以上のものは、俺には絶対ない。これが俺の器だ」って確信できて、すごくラクになりました。

だから勝つとか負けるとかより、とにかくそのことが嬉しいし、ありがたいんです。たとえ負け続けても、「もし違うことをしてたら、どうなってたんだろう」なんて気持ちには全然ならない。負けが続いてもまったく迷わなくていい。それがすごく楽なんです。

はじめからベストを見つけようと思うな

ちきりん ウメハラさんみたいに、「天から与えられた唯一無二の何か」がない普通の人でも、あがけばそういうものを見つけることはできるのかな?

ウメハラ そういう人でも何かにとことん打ち込んでみれば、それが「唯一無二のもの」に変わることはあると思いますよ。僕、マージャンのプロを目指してた時、技術的には長くマージャンをやってた人をすぐに追い抜いてすっとうまくなったんです。

ところがマージャンは自分にとって、〝わりと好き〟とか〝まあまあ好き〟でしかないってことも同時にわかってきました。格闘ゲームとは全然違う。で、それがわかった時、これは大きなチャレンジだなと思ったんです。マージャンに対する気持ちを、いかにゲームが好きというレベルにまで高められるか、というチャレンジ。

ちきりん うまくなるチャレンジじゃなくて、好きになるチャレンジってこと⁉ それってチャレンジできるようなことなの？

ウメハラ それが不思議なことに、一日中マージャンのことを考えてたら、自分の中でもマージャンがどんどん特別なものになっていったんです。最後までゲームは超えられなかったけど、でも、もし僕に格闘ゲームという「唯一無二のもの」がなければ、マージャンは「オレの人生はコレだ」の対象物になってたんじゃないかと。

ちきりん つまり天から「コレだ！」を与えられてない人にとっても、一定以上やり込めばそれが「コレだ！」と思えるものになるってこと？

ウメハラ そう思います。1年なのか3年なのか、とにかく頑張って打ち込めば「コレだ！」感が出てくるし、出てこなければ、それはやっぱり違う分野なんだと理解できる。

僕は3年マージャンに打ち込んでみて、そしたらある程度、特別なものになっていった。

結局ゲームを超えられなかったけど、そうやって結論を出すプロセスが大事なんです。

ちきりん　そういうふうに時間をかけて打ち込むことで、生まれつきの「コレだ！」を持たない人でも、それに代わるモノを手に入れられるってことか……。ただ、その3年間が怖いって人も多そう。

ウメハラ　怖い？

ちきりん　3年もやってみてダメだったら、その期間が無駄になると思うんです。それをリスクだと感じる。私もウメハラさんが言うように、そうやって自分がやりたいことを探すプロセスはけっして無駄ではないと思います。でも、3年やってみて結局その分野じゃなかったなら、それは無駄な3年間だと考える人も多い。

ウメハラ　それがもしかして……、

ちきりん　そう、学校的価値観。

学校的価値観からの脱却を！

ちきりん　ウメハラさんにとっては「あがく」というプロセス自体が「いい人生」に必須の

ものだったでしょ。でも、あがくなんて時間の無駄だという考え方もあるんです。だって最初から先生の言うとおりにやってれば、いい学校からいい会社に入れていい人生になるんだから、あがく必要なんかない。学校ってそういう刷り込みをするんです。

このグラフ（左頁）見てくださいよ。どんだけ小さな頃から刷り込みが始まってるんだか。

ウメハラ すごいな。これがホントだとすると、成功が得られる場所はあそこだと教えられてて、しかもそこへ行くための一本道もわかってるんだから、〝自分で考える〟とか〝あがく〟みたいな試行錯誤をするなんて、「なに無駄なことやってんだ」と言われかねない。

ちきりん 先生だけでなく、親も子どもにそういう〝苦労〟をさせたくないと思ってるんです。「苦労して見つける」より「苦労せず見つかる」がいいと思ってる。

ウメハラ だけど、〝自分で考える〟とか〝あがく〟って、ちきりんさんや僕が一番大事だと思っていることじゃないですか。そもそも学校的価値って……あ、そうか！

ちきりん 何？

ウメハラ つまり僕たちは、学校そのものが嫌なんじゃなくて、そういう学校的価値観が嫌いだったってことですね？

「いい大学を卒業すると将来、幸せになれる」
と考える子どもの割合

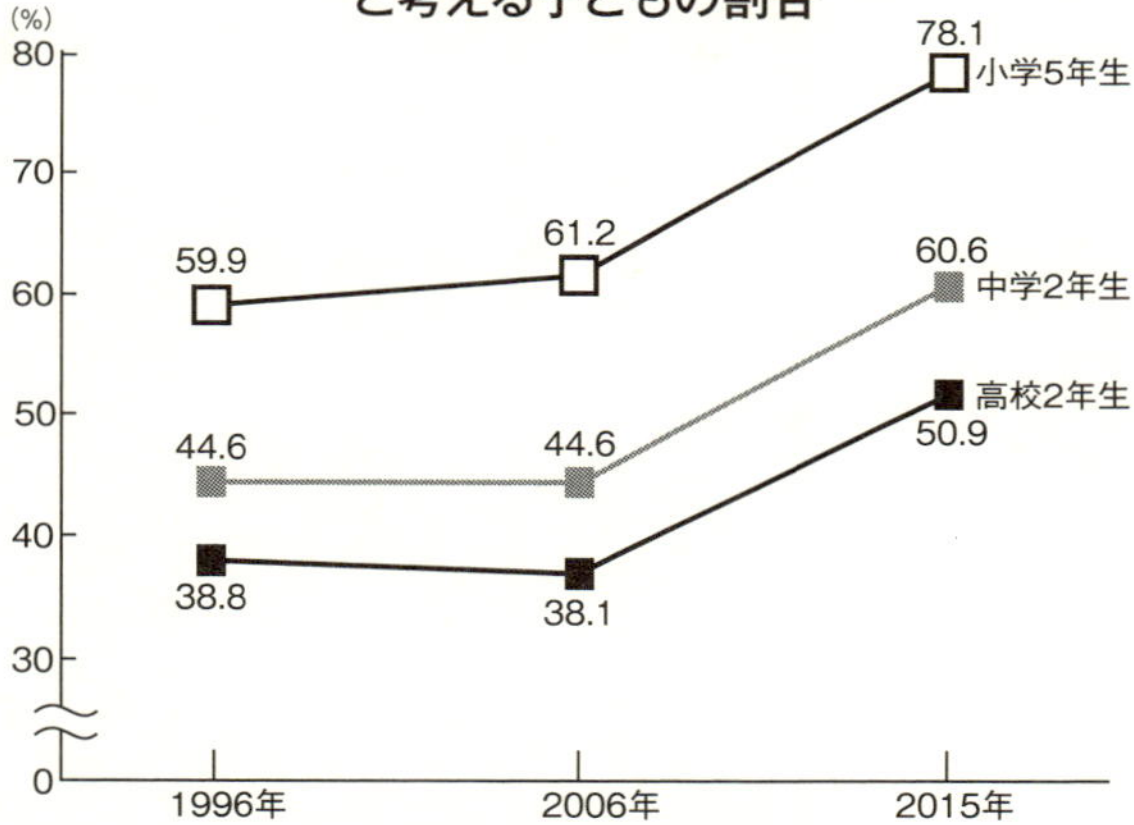

出典：ベネッセ教育総合研究所「第5回 学習基本調査」(2015年)

ちきりん　そうだと思います。学校ってものすごい長い時間を過ごす場所だから、そこで特定の価値観を刷り込まれると影響が大きい。しかもいったん刷り込まれてしまうと、ちょっとやそっとじゃ踏みはずせない。本当だったらもっと自分らしい生き方ができた人でも、「あそこを目指せ、方法はこれだ」的なあるべき論に洗脳されてしまう。

ウメハラ　学校でゴールと方法論をセットで指し示されてしまうと、「自分で考え、悩んであがいた上での自己決定」なんてバカらしくてできなくなる。

ちきりん　しかも子どもの頃だけじゃな

く、大人になってもできないままになるんです。ウメハラさんは最初から大好きなものがあったし、学校でも「なんで黒板係がいるんですか？」って言い出すくらいゼロベースでモノを考える人でしょ。でも大半の人は私と同じように、とても素直だから。

ウメハラ 素直？　ちきりんさんが？

ちきりん ウメハラさんと比べたら、めちゃくちゃ素直ですよ。でね、そういう素直に育ってきた人が自分の人生で「何か違う」と感じた時に必要になるのが、学校で刷り込まれた「あるべき論の呪縛」から解き放たれることなんです。「回り道をするなんて無駄！」みたいな考えからの脱却がまず必要になる。

ウメハラ 僕たちはその回り道こそが「いい人生」の原点だと思ってるわけだから、完全に真逆ですね。しかもたとえ何も見つからなくても、とことんあがいておけば、「自分にはそこまでやりたいことがないんだから仕方ない。それならそれで生きていこう」って開き直れる。それを自分の器として納得できる。そう考えるのはやっぱり難しいのかな？

第7章　挫折

「つらい時は逃げたらいいんです」

ちきりん

「えっ、逃げたらダメでしょ!?」

ウメハラ

〝根性なし〟の紆余曲折

ちきりん　ウメハラさんの言う「とことんあがいて自分の器を知る」っての、私の言葉だと、「とりあえずやってみて、ダメならさっさと別の道に進んじゃえばいいじゃん」みたいな軽い感じになっちゃうんですよね……。

ウメハラ　それは軽すぎて、にわかに同じコトだとは認められませんね。

ちきりん　ですよね。私はすごく飽きっぽくて、今までもどんどんやりたいことが変わってきました。でもどれもそれなりに楽しかったし、勘違いだったかもしれないけど、やってる時にはすべて「コレだ！」って思えてたんです。

ウメハラ　確かに僕は格闘ゲームオンリーで、ホントにここでいいのかっていう、すごく真剣な思いからスタートしてるから、そこがちきりんさんとの根本的な違いですね。

ちきりん　小学校の頃から大リーグを目指してたイチロー選手、小学校の卒業文集にセリエAでプレーすると書いてた本田圭佑選手、それにウメハラさん。各界のトップにいる人は、小さな頃から「俺にはこれしかない！」って思ってますよね。

しかもみんな、尋常じゃないレベルまでのめり込んで努力するでしょ。でも数としては、そんなことできる人はほとんどいない。大半の人は大人になっても自分のやりたいことが見つからないって状態なのに、そういう人に対して「何かひとつを死ぬほどやり抜いて、あがいてあがいて自分の器を探せ」とか言うの、重すぎるんですよ。その最初のひとつが決められないし、確信も持てないのにそこまでのめり込めない。

ウメハラ 僕の場合はもともと自分を追い込むのが好きだし、確かにそのせいか、他の人に対してもつい「まだまだ甘いよ。もっと努力できるだろ。もっともっと自分を追い込めよ」と感じてしまうことが多いです。

ちきりん スポーツ選手とかも含めて勝負系の人は、そうじゃないとトップになれないんでしょうね。私みたいに、というかほとんどの人がそうだと思うけど、楽しければいいというのとは対極にある。

ウメハラ いや……僕も成長のために必死になるのが楽しいんですけど?

ちきりん ……ああ、はい。それはわかってます……。

ウメハラ とはいえ誰だって憧れの職業ぐらいはあるでしょ?

ちきりん 憧れの職業はあっても、だからといってそれに向けてものすごい努力をするわけでもなく、その職業についてトコトン考えることもなく、何となく学校の勉強を頑張ってます、みたいな人がほとんどです。

私も子どもの頃、やりたいことは必ずしも明確じゃなかった。好きなことはいくつかあったけど、単に他との比較で好きなだけで、それに一生懸けたい、命懸けたいって感じでは全然ない。ウメハラさんから言わせれば「好きだけどたいした努力もしない」ってどういうことだと怒られるかもしれないけど、大多数はそんな感じです。

ウメハラ そうか……。

ちきりん で、そうやって何も考えないまま20歳を過ぎて、就職活動する時になって初めて、職業について考えるんです。でもそんな年から半年だけ考えても、やりたい仕事が簡単に見つかったりはしない。で、結局は自分で考えるのをやめて、学校的価値観がお勧めするところのいい会社を志望するんです。

ウメハラ 確かにそんな短い期間では、自分で考えて選ぶなんて不可能ですよね。

ちきりん だいたい働いたこともないのに職業を選ぶなんて、最初から無理ゲーなんです。

だから私がよく言ってるのは、とりあえず働いてみて、違うと思えばいつでも辞めて、他のことをやってみればいいじゃんと。

ウメハラ ちきりんさんもそうやってきたんですか?

ちきりん はい。私も就職後に4回、分野を変えて、クネクネしながらようやく現在の場所にたどり着いてます。やってきたことはそれぞれおもしろかったけど、自分がどんな働き方を望んでるのか、どんなコトをやりたいと思ってるのか、長くわからなかった。

ウメハラ でも、昔から文章を書くのが好きだし得意だったんでしょ? なのになぜ、あれこれ他のことをやってきたんですか?

ちきりん 確かに小学校の頃から文章はうまくて、読書感想文や作文はよく表彰されてました。だから将来、文章を書く人になれたらいいなって、子ども心に思ってましたよね。

ウメハラ それなのに作家になろうとは思わなかった?

ちきりん 高校くらいから現実的な世の中が見えてくると、作家なんて食べていけると思えなかったし、どんな苦労をしてでもなってやろうってほどの熱意もなかった。その上、中途半端に学校の成績がいいから、じゃあ勉強したほうが得じゃないか、みたいな気になる。

何が得なんだかと今なら思いますけど、つまりは学校的な価値観に毒されてたんでしょう。

ウメハラ 他の仕事をしてた時、なんか違うなっていう違和感はなかったんですか？

ちきりん まったくなかったです。最初、金融業界に入ったけど、すごくおもしろかった。その後はモノを売る仕事についたんですけど、それもまたおもしろい。

文章を書くことは好きだったけど、私はウメハラさんみたいに「これじゃないとダメ」って感じじゃないんです。何でもそれなりにできるし楽しめてしまう。だから最終的に「文章を書く仕事」にたどり着くまですごく時間がかかった。

ウメハラ そうやって回り道をしたことが、納得感を得るために必要だったとか？

ちきりん 私の場合、回り道は納得感を得るためではなく、今の成功を得るために必要でした。もし私が最初から物書きになっていたら、今のような文章は書けなかったと思います。他の仕事で鍛えられた社会を見る目が、今の私の〝売り〟になってるんで。

ウメハラ 僕の場合は、介護とか飲食のバイトとかいろいろやって、「ああ違う、ゲームだ」と理解できたわけですけど、ちきりんさんの紆余曲折はちょっと違う感じですね。

ちきりん 違いますね。私の場合は、最終的にモノを書く仕事につくまでの準備期間として、他の仕事が不可欠だったと思います。納得感自体は他の仕事でも感じてたので。

ウメハラ とはいえ結論としては、僕みたいな「唯一無二のモノ」が特になかった人でも、その人なりの居場所とか器に合った人生は見つけられるってことでいいんですか？

ちきりん まあそうなんだけど、それも大変なんですよ。自分は何をやりたいのか、考えてもなかなか思いつかないし、やりたいコトを見つけた人がやたらと眩《まぶ》しく見えるし。

ウメハラ だからこそ、あがけばいいんじゃないですか。自分には何も情熱を注ぎ込めるものがない。こんなんでいいのか。どうするんだオレ、的に。

ちきりん 確かに何もなくてもあがくことはできるけど……。

ウメハラ とにかくあがけばいいんです。そしたら、たとえ社会的に見て小さなコトであっても、「ああ結局ここなんだな」みたいな場所が見つかる。たとえば専業主婦のお母さんだって、「私はこの家で子どもを育てて家族の世話をして生きていくんだ」ってことに腹落ちしてる人はきっとハッピーで、誇りを持っていい人生を送れる。でも納得してなければ、同じことをやってても、いい人生からはほど遠い状態になっちゃう。

ちきりん それはホントそうですね。女性の場合、子どもを産んで家に入るのか、仕事を続けるのか、程度の差はあれ、みんなすごく悩みます。そのとき「まあいいか」とか「しゃーないし」じゃなくて、ちゃんとあがいておけば、何を選んだにせよ納得感が得やすいのかも。反対に言えば、ずっとモヤモヤしてる人は「あがきのプロセス」が足りてないってことなのかな？

ウメハラ だと思います。だから小さい頃に「コレだ！」っていうめちゃくちゃ得意なモノがなかった人も含め、すべての人にいい人生は見つかるんです。

つらかったら逃げてもいい？

ちきりん そのあがくプロセスにおいて私が大事だと思うのは、「つらかったら逃げる」ってことなんですよね。

ウメハラ えっ、ちょっと待ってください。逃げる!? そんな簡単に逃げちゃダメでしょ？

ちきりん 「逃げる」ってネガティブだから、「勝てないとわかったら、そんなところに居続けず、勝てる世界を探しに行きましょう」と言い換えてもいい。

ウメハラ それでもネガティブにしか聞こえませんよ。逃げ出すなんて、そもそも闘ったりあがいたりしようという意思すら感じられない。

ちきりん そうかな？　だって世界は広いんですよ。その中には無数の分野があるんです。だったら、ここがダメなら次はあそこを試してみようって、勝てる世界を探せばいいじゃないですか。

たとえば、どんなに頑張っても指の動きが遅くてプロになれないとわかったら、そこは見切りをつけて、ゲーム実況とかゲームライターとか、勝てる世界を探してどんどん移っちゃえばいい。ゲームという分野に限っても食べていける場所はいくらでもあるんだから。勝てない競争を避けるのも勝つためのひとつの方法だと思いません？

ウメハラ ……。ちきりんさんも競争を避けて逃げてるんですか？

ちきりん 避けまくってるし逃げまくってます。

ウメハラ ブログという世界で勝てないと思ったら、別のところに移動する？

ちきりん 移動することに躊躇はないですけど、ブログの世界も広いので、その中で勝てる市場に移動しますね。

ウメハラ たとえば？

ちきりん　私がいま書いてるブログだって、逃げて逃げて、最後にここを見つけて逃げ込みました、みたいな場所なんです。反対に言えば、ここは私にしか実現できない世界なんです。つまり誰も競争者がいない分野に逃げ込んだから、勝ててるんだとも言える。もちろんそういう市場だから、たいして大きくはないです。でも私一人が食べていけるぐらいの読者はいる。「ちきりん、おもしろい」という人が一定数いる。それで十分です。

ウメハラ　だけど、最初はここで十分食べていけるとか言ってても、ちきりんさんの成功を見て、後から参入してくる奴が出てくるでしょ？「お、どうやら〝社会派ブロガー〟っていうのがウケてるみたいだぞ。俺もやるか」みたいな奴が。そうすると結局、競争に巻き込まれますよね？そしたらまた逃げるんですか？

ちきりん　うーん、どうかな。そういう考えで後から入ってくる人は勝ちにくいんですよ。だって私はあちこち回って、最終的に「あぁここだ」っていうのを自分で見つけてるけど、その人は「あの市場、おいしそう」って入ってくるわけでしょ。

　この市場は私の強みが一番生きる分野だし、私にとっては最もストレスが少なくて楽しくやれる市場だけど、後から来る人にとってはそうじゃない。しかも、それがファンにも伝わる。だから自分がここだと思える市場に逃げ込むと負けにくいんです。

ウメハラ それって結果じゃなくて、結果を生み出すプロセスの違いがファンにも必ず伝わるって話と同じように聞こえますね。

とはいえゲームの場合、あんまり人気のないゲーム、もしくは、強いプレーヤーがやってないゲームに逃げ込めば、メジャーなゲームをやるより簡単に勝てるようになるんだけど、でもそれは、僕から見れば〝逃げ〟でしかないし、そんなこととして市場に評価されるプレーヤーになるなんてあり得ません。

ただ、ちきりんさんの言ってる〝逃げる〟っていうのは、ちょっと違う気もします。「自分で自分の居場所を創る」ってほうが、言葉として合ってるかもしれない。

父的やさしさvs.母的やさしさ

ちきりん 私が敢えて〝逃げる〟という言葉を使うのは、世の中、絶対に逃げちゃダメって思ってる人が多すぎるからかも。やめることは逃げじゃなくて、自分の好きなもの、自分に合ってるものを見つけるためのプロセスのひとつなんだから、絶対やっちゃいけないことではないんだよ、って伝えたいのかも。

ウメハラ　確かに言われてみれば、そういうふうに悩んでいる人もいますね。いくら頑張ってもライバルには追いつけないし、限界が見えてる。でもここで頑張らないと逃げになっちゃうんじゃないか――そう考えて逃げられず苦しんでる。そういう奴は僕より、ちきりんさんの話を聞いたほうがいいのかもしれない。

ちきりん　そういう人から相談されたりするんですか？

ウメハラ　ええ。

ちきりん　どうアドバイスするの？

ウメハラ　「おまえはたぶん、これまでいろいろなことから逃げてきたよね。学校からも逃げ、アルバイトからも逃げ、まともな世界には居場所がなかった。だから今ここにいるんじゃないのか？　最後まで逃げずにここでやり抜こうと自ら選んだのが、ゲームなんじゃないのか？　ゲーム以上に好きなものなんて今までなかったんだろ？　ゲームしかないのにここから逃げたら後がつらいぞ。もう少し頑張れよ」――こんな感じですかね。

ちきりん　うわー、完全に「逃げるな」って方向ですね。それ、厳しくない？

ウメハラ いや、ある意味やさしさだと思ってるんですけど。

ちきりん どこがよ?

ウメハラ 男のやさしさですよ。揺らいでいる奴に対して、「逃げたら後で後悔するぞ、自力で生きていくためには初志を貫け」と励ますのが父親的なやさしさじゃないですか。

ちきりん まあたしかに、「ダメならやめていいのよ、あなたの好きなものを探しなさい」っていうのは、母性的かな。

ウメハラ 逃げなのか、積極的な選択なのか、見極めは難しいですよね。でも、たいていは逃げだと思うんです。単に根気ややる気がないだけの人間も、世の中にはたくさんいますから。僕はそういう人間をかなり見てきたんで。

ちきりん 何を見てきたかの違いなのかな。私の周りには逃げちゃいけないと思い込んで苦しんでる人のほうが多かったから。

ウメハラ そういう奴から相談された時、なんで僕が逃げるなという方向でアドバイスするかというと、彼らだって、自分で選んだゲームなら逃げ出さずに頑張れるはず、という前提があるからなんです。おまえら、ゲームが好きで選んだんだろうと。

ちきりん わかるけど、そこまでの覚悟なしに選んだ人だっているでしょ？「勉強も運動も得意じゃないからゲームでもやるかー」みたいな。そういう「あがいてあがいてゲームにやってきた」んじゃなくて、あんまり真剣に考えもせず、たまたまゲームは人より得意だったからここにいるだけ、ってケースもあるのでは？

ウメハラ 僕ももちろん、そこの覚悟を問うために敢えて逃げるなって言ってるところもあります。でもやっぱり、逃げ続けてて何かが見つかるとは思えない。

ちきりん 確かにゲームの世界ではプレーヤーこそが本流だと思われてるんだろうから、そこで頑張れないとつらいというのはよくわかります。でもね、本家本流の分野ではダメだったけど、となりの畑、たとえばゲーム実況やゲームライターとかで成功した時、この畑こそが自分の天職だったんだ、って自分で自分に信じさせる能力が、いわゆる「生きる力」なんじゃないのかな。

「これだ！」はひとつなの？

ちきりん そもそも私、普通の人にとっては、世の中にある無数の選択肢の中で、自分の満足できる道がひとつしかないってわけでもないと思ってるんです。つまり、ウメハラさんにとっての格闘ゲームみたいな「唯一無二のもの」は、普通の人には最初から存在しないし、探してもあがいても見つからない。

　だから最初にひとつ選んだ場所に納得できないなら、どんどん道を変えていけばいい。違うと思ったらアレコレ違うことを試してみればいい。そしたら錯覚かもしれないけど、「ある程度は好きだと思えて、かつ自分の力を活《い》かせる道」に巡りあい、満足感が得られる。つまり、いろいろやってたらいい人生になる確率が高まるんじゃないかって思ってるんです。

ウメハラ　そういう考え方もあるってこと自体、新鮮ですね。僕にとって〝あがく〟っていうのは、〝逃げる〟とか〝逃げまくる〟とは全然違います。

ちきりん　私ね、〝逃げる〟ってことを、そんな簡単なコトだとは思ってないんです。だってきっと本人が一番つらいんですよ。「私って逃げてばっかりだ。なんてダメなんだろう」っていう思いと向き合わないといけなくなるから。それがわかっててやっぱり「逃げるべき」って思うなら、それは私にとってはまさに〝あがく〟プロセスのひとつです。

それに、あちこちウロウロしてどこでもモノにならなくて、もうこいつはどこに行ってもダメな奴だ、あいつはずっと逃げ続けてるとみんなが思ってたのに、ある時どこかでちょっとだけ頑張れることに出会ってうまくいき始め、ずっと後から「やっぱりあれが天職だったんだね」ってことも起こり得ると思う。

人間って周りから評価されて初めて自信がつくわけだから、評価されない世界に居続けて、「自分で選んだんだろ。これが天職だと思うんだろ。だったら逃げるな、頑張れ」って言われ続けるのはつらすぎる。

ウメハラ 天職って何なんだろうってこと？

ちきりん よく「好きなことをやって生きる」って言うけど、人から評価されて初めて「これが自分の好きなことだ」って思えたりもしませんか？　好きなことより評価されることのほうが、大半の人は結局、好きになる。語義的におかしいかもしれないけど、何が天職かも変わるというか。

ウメハラ 他人の評価に関係なく、ホントに好きなことをやって生きられるのは、とっても恵まれたことですよね。だからこそそれをやろうとしてる人に、結果が出ないなら逃げたらいいよ、ってのはやっぱりないかな。オレ的には。

ちきりん　わかるけど、逃げた先のコトを好きになって生きるという方向も、私は否定したくない。小さな頃に「オレにはこれしかない」って思った人のうち、その分野で成功した人にとっては、それが唯一の正解に思えるんだろうけど、実際には他にも「これもスゴイおもしろかった！」みたいなことがあるんじゃないかと。

ウメハラ　もしかして僕にもゲーム以外の何かがあり得ると思ってますか？

ちきりん　思ってますよ。ウメハラさんがこれからの人生で、ゲームと同じくらい大事だと思える何かと巡りあえても、私は驚かないです。てか、十分あり得ると思ってる。

ウメハラ　そんなものが見つかったら驚くのは僕のほうですね。

ちきりん　多くの人にとって「自分はぜったいコレがやりたい！」なんて、ある種の熱病みたいなものなんです。熱病にかかってる時は、それが人生のすべてだと思える。で、頑張る。頑張った人のうち、才能も併せ持ってて、かつ尋常じゃないレベルの努力ができた、ごく一部の人だけが成功する。成功した人にとっては、その道は熱病による幻想ではなく現実になるし「唯一無二のモノ」になります。

でも、大半の「夢破れる人」にとっては、「ホントにやりたいこと」は別にあったとも考えられる。てか、そう考えればいい。大事なことは、「何が本当の天職だったのか？」ではなく、「自分は自分の選んだ道を天職だと思えたか？」ってことなんじゃないかな。

第8章　収入

「お金じゃないのよ」ちきりん

「それ、クチで言うのは簡単です」ウメハラ

高額寄付のホントの理由

ちきりん　ところでウメハラさんにどうしても聞いておきたいことがあります。２０１５年末のカプコンカップで準優勝した時、賞金の６万ドル、約７５０万円をＥＶＯ（第２章前出。世界最大の格闘ゲームイベント）が創ったニューヨーク大学（ＮＹＵ）ゲームデザイン学科への奨学金に寄付するって発表したでしょ？　あれにはみんなビックリしたのでは？

ウメハラ　そうですね。周りもビビってたし、業界の外でもニュースになりました。

ちきりん　ゲーム大会の賞金ってそんなに高額だったんだっていうのと、そんな額を寄付するなんて、というふたつの点で、私も驚きました。

あれって理由は何ですか？　ＥＶＯがウメハラさんのキャリアを作ってくれた恩のある大会だということは理解してるんですけど。

ウメハラ　あの件はものすごく複雑にいろんな理由が絡み合ってるんです。

ちきりん　それ、めっちゃ興味あります。ぜひ教えてください。

ウメハラ　カプコンカップは僕が長くやってた「ストリートファイターⅣ」というゲームが

使われる、最後の大きな大会だったんです。つまり、とても大事な大会でした。

ちきりん 最後の大会ってどういう意味ですか？

ウメハラ 年が明けて2カ月ほどで、次のバージョンのゲーム「ストリートファイターⅤ」が出ることがすでに決まってたからです。しかも〝ストⅣ〟は7年以上と、この世界では異例なくらい長く人気があったゲームなんです。だから優勝できるかどうかはともかく、きちっとしたプレーをしたかった。

ちきりん だから寄付したの？

ウメハラ いや、そんな単純な話じゃないです。実はそんな大事な大会なのに、僕はいまひとつモチベーションが上がってなかった。

ちきりん なんで？

ウメハラ その大会の2週間前に日本でTOPANGAっていう、僕にとってすごく大事なリーグ戦がありました。リーグ戦だから試合数も多いし、どうしても勝ちたかったからいつも以上に気合いを入れて臨んだんです。

ちきりん 確かそれ、優勝したんですよね？　ウメハラさんのコメントをネットで見ましたけど「すごく価値のある勝利だと思う」って言ってて、珍しいなって思いました。

ウメハラ ほんとに嬉しかったんですよ。どうしても勝ちたくて、事前の練習にもトコトン入り込んで。それで……優勝できたのはよかったんだけど、終わった後、達成感が大きすぎて喜びの余韻に囚われてしまったんです。

ちきりん えー、それウメハラさんにとっては珍しいですよね？ 今までの本を読むと、勝利の余韻に浸ってるようではダメって言ってた気がする。

ウメハラ そのとおりです。そんなことしてたらダメなんです。しかもカプコンカップがすぐ目の前に迫ってる。こっちも〝ストⅣ〟最後の試合なんだから、みっともない姿は見せられない。

ちきりん しかも、カプコンカップってめっちゃ賞金が高いですよね？ 優勝が12万ドル（約1500万円）、準優勝で6万ドル、3位が3万ドル。さっきのTOPANGAリーグなんて優勝で150万円でしょ？ ケタが違う。

ウメハラ そうです。だからみんな目の色が変わってるわけです。

ちきりん もしかして、勝つためなら何でもやる、みたいな人が出てくるとか？

でもウメハラさん、ちょうどモチベーションが下がってたわけだし、「高額賞金を獲得するぜ！」って自分を奮い立たせればよかったのに。

ウメハラ それちょっと考えたんですけど、ぜんぜんやる気にならなかったんですよね。むしろ反対なんです。「なんなんだよ、この高額賞金は。こんなことしたら、金のためだけにプレーする奴がよけい増えちまうじゃねーか。金で俺たちの楽しみを奪うのはやめてくれよ」みたいに思えて。反対にやる気が削がれる原因になったというか。

ちきりん あーそれでー。

ウメハラ もうわかったんですか？

ちきりん いや……ちょっとわかった振りをしてみただけです。てか、だから賞金を貰ったのに寄付したのかなって。

ウメハラ まあそうですね。でも、もうちょっと補足すると、実は賞金を寄付することは試合の前日に決めてたんです。だけど、事前には宣言しなかった。

……この意味、わかります？

ちきりん ぜんぜん。

ウメハラ　まれに見る高額賞金の大会で、みんな浮き足立ってる。目の色が変わっちゃってる。それを見て「金じゃないだろ?」「金をやるからお前ら頑張ってゲームしろよって、大人に言われるの、嫌だと思わないのか?」ってことをプレーヤーに示すために、勝って賞金を獲得した上で、それを寄付しようと思いついたんです。

ちきりん　わかるけど……でもなぜ事前に宣言しなかったの?

ウメハラ　事前に言わないでおけば、いつでもやめられるでしょ?　優勝して賞金を貰った後、「やっぱり寄付なんてやめよう」ってのが可能になるんです。でも事前に宣言してしまうとやめられない。

ちきりん　気が変わるかもしれないから言わなかったってこと?　ウメハラさんに限ってそんなコトはないよね。……なぜだろう?

ウメハラ　高額の賞金を実際に手にして、それでも自分が変わらないか。「金のためにゲームしてるんじゃないよ」と口では言ってるけど、実際に手元に現金を確保しても自分はそう言えるのか?　それは本当に自分の本音なのか?　ってのを確認したかったんです。

ちきりん　………。

ウメハラ どうしました?

ちきりん ちょっと驚いちゃって。ウメハラさんてホントに難しいコトをしますよね。つまり試合前に「勝ったら全額寄付します」って言うのは、その時点ではお金が手元にないから、本音じゃなくかっこつけてでも、そういうことが言えちゃうと。

で、勝って実際にお金が入った時は、またしても本音じゃなくても「宣言してしまった手前、しかたないから寄付するだろう」と。

でも公に宣言してなければ、「実際に手元にお金が転がり込み、かつ、やめてもいいのに寄付をする」ってことが必要になるから、本当の意味で「オレは金のためにプレーしてるわけじゃない」と証明できるってこと?

ウメハラ そうやって、自分の本音を確認したかったんです。人間て、自分の本音に気づける機会ってそんなにないんですよ。「金なんて大事じゃない」って言うのは簡単だけど、それが本当に自分の気持ちなのか、なかなか確認できない。

ちきりん その「金じゃない」って気持ちが本物だと自分自身に証明したい。それをモチベーションにして、TOPANGA優勝の余韻を吹っ切ったわけ!?

ウメハラ そうです。勝たないと賞金も出ない。それじゃあ証明できないですから。

儲けたいのか読んでほしいのか

ウメハラ ちきりんさんだって、お金のために書いてるわけじゃないでしょ？

ちきりん まあね。でも私は「儲《もう》ける」っていう行為は大好きなんです。誰かがお金を財布から取り出して、それを差し出してくれる。そこまでして手に入れたい価値を自分が提供できてるって確認できるのは、とても嬉しい。自分のやってることの価値や、やや大袈裟《おおげさ》だけど存在価値を感じられる。

ウメハラ 無料だから読む、ではダメってこと？

ちきりん 「無料だから読みます。有料だったら読みません」って言われたら、ちょっとつらいかな。そういうレベルの文章なんだなって落ち込みます。

ウメハラ でもブログは無料で公開してますよね？

ちきりん あれはね……お金じゃないですから。

ウメハラ ほお。それは本音ですか？

ちきりん 皮肉なやっちゃな。さあどうでしょう!? たとえ自分のことであっても、本音はそんな簡単にはわからないというのは、そのとおりだよね。

とはいえやっぱりお金が行動指針になってるとは言い難いかな。私も文章でもっと儲ける方法、というか選択肢は今もあるんですよ。メルマガとかサロンとか、最近はネットで文章を売るインフラも整いつつあるので、ブログを有料化すれば数百万円とか、もしかしたら1000万円くらい収入は増えるのかも。

ウメハラ それをやらない理由は?

ちきりん めんどくさいというのがひとつと、お金を稼ぐよりたくさんの人に読んでもらえるほうが嬉しいから。有料化すると収入は増えるけど、読者数は10分の1とか、そういう割合で減りますから。

ウメハラ そりゃあそうでしょうね。でも最近はネット配信もそうですけど、ブログも有料化する人が多いのでは? それについてはどう思いますか?

ちきりん 他者のことはどうでもいいんですけど、さっきの話と同じで、自分の本音に気づかなくなるのはどうかなって思います。

というのも、多くのブロガーは「たくさんの人に読んでもらいたい」とか、バイクや自分の住む街、好きな趣味など「〇〇の魅力をできるだけ多くの人に伝えたい」みたいなコトを言うんですけど、そういうことを言いながら有料化するのは、理屈が合ってないですよね。広く伝えたいことがあるなら、無料で開示したほうが遙かに効果が高いんだから。

私の場合も12歳の頃の自分、地方都市でごく普通の家庭に生まれて、当然、クレジットカードも持ってなかった中学生の頃の自分みたいな子にちきりんブログを読んでほしいと思ってるので、今のところ有料化することは考えられない。

でも私は「儲けること」自体は好きだし、できるだけ多くの人が組織から給料を貰うのではなく、市場から直接、稼げるようになってほしいとも思ってます。だから「その訓練をしたい」「自分はそういう力を身につけたい」という人は、迷わず有料化すればいいし、いろいろ試行錯誤して、売上げや利益の最大化を図るべきだと思う。

ウメハラ ネット上の文章に課金したことはないんですか？

ちきりん 数年前に、自分で電子書籍を出しました。それ以外はないです。電子書籍を有料で出したのは、個人が本を出版できる時代になったというけどホントなのかなってのと、それで食べていけるレベルの収入になるのか、それを確認したかったから。

ウメハラ どうでしたか？

ちきりん 個人でも出せるし、十分に食べていけるとわかりました。電子書籍の市場についていろいろ学べたのも楽しかった。でも一冊出したら知りたかったコトはすべてわかってしまったので、次を出そうという気にならず、放置してます。

ウメハラ やっぱり「お金じゃない」ってことですか？

ちきりん うーん。そうなんですけど、でもやっぱり私は「お金じゃない」とは言いたくない。金融やビジネスの世界に長くいたので、お金は〝価値〟を表す単位だと思ってます。だから全面的に否定はしたくない。

むしろ私の場合は、常に時間かお金かという選択なんです。稼ぐって、時間を使ってお金を得る行為でもあるでしょ。私にはやりたいことがたくさんあるので、今の時点ではお金より時間のほうが圧倒的に大事なだけかな。

ゲーム業界の愛と金

ちきりん ウメハラさんとお金について話すことになるなんて予想外の展開かも。
ウメハラ 実は昨年は、お金のことについて考える機会がすごく多かったんです。
ちきりん なんで？
ウメハラ 昔はゲームなんてやっててもまったく稼げなかったけど、ここにきて急にゲーム業界にもお金が流入し始めてるんですよ。大会に大きなスポンサーがついて賞金総額が跳ね上がったり。僕もそうですけど、長らく金には縁のなかった奴が多いから、急に大金が目の前に現れると、何かが壊れそうになる気がして。
ちきりん それって、ネット上でいう〝嫌儲〟ってやつ？「儲けるのは良くないことだ」「ピュアな行為じゃない！」みたいな？
ウメハラ いえそうじゃないです。僕はずっと、ゲームで食べていける奴がもっと増えればいいと思ってたし、業界全体が潤うのは望ましい。プロなんだから、賞金にこだわるのも大事だと思います。でも長期的な業界の繁栄のためには、トッププレーヤーが〝金〟に振り回されたらダメなんです。

ちきりん 実際、そういうことが起こりかねないと思ったから、高額賞金を寄付することでみんなにメッセージを伝えようとしたわけね。

ウメハラ とはいえ、まだまだこの業界は金だけがすべてじゃないというのも事実です。スポンサーが多額の金をつぎ込んだら、それでファンが熱狂するかというとそうじゃない。

ちきりん 何が必要なの？

ウメハラ ゲームに対する愛、かな。そういうのが見えないとファンはついてきません。だから「ゲームが金になるんじゃないか」と考える組織とか、この分野で大きな利益を出したいと考えてる企業は今でも四苦八苦してると思う。

ちきりん そういえば前に見たゲーム大会の動画で、すごく印象的なシーンがありました。ウメハラさんがいつも使ってない格闘ゲームで、そのゲームのプロと対戦するイベント。

ウメハラ ああ、あれね。僕はいつも「ストリートファイター」というゲームをやってるんですが、その大会では「ギルティギア」という別の格闘ゲームを使って、そっちのトッププレーヤーと、僕も含めいつもは「ギルティギア」をやってないメンバーで団体戦をやるという大会でした。それの何が印象的だったんですか？

ちきりん 数カ月しか「ギルティギア」を練習してないウメハラさんが、その分野でずっとトップだった人と白熱した勝負をしてたのも印象的だったんですけど、確かその時期って夏の甲子園の時期だったでしょ？

ウメハラ うん。夏でしたね。

ちきりん その大会の表彰式の挨拶で、スポンサー企業のお偉いさんが「私はここに並んでるゲームプレーヤーのみなさんが、清宮（幸太郎）選手と同等以上に評価されるべきだと思っています！」みたいなコトを言われたんです。正確な言葉は覚えてないけど。

ウメハラ 清宮選手って誰でしたっけ？

ちきりん それそれ。その人がそう挨拶した時も、壇上に並んでるゲームプレーヤーの人は、みーんなポカーンとしてました。「清宮って誰？」って感じで。

ウメハラ 知らない人が多いでしょうね。

ちきりん 清宮選手というのは、その時の甲子園で大活躍してた早稲田実業の選手で、連日NHKのスポーツニュースにも登場してました。だからあのタイミングなら、お茶の間の視聴者はみんな彼の名前を知ってたと思います。だからこそスポンサー企業の方も、その名前を出された。でも、そのとき私は思ったんです。

このスポンサー企業のお偉いさんって、ゲーム業界が高校野球と同じくらい盛り上がって、ウメハラさんが清宮選手みたいに毎日ニュースに取り上げられる時代が来ることを期待してる。その気持ちに嘘はないんだろう。

でも、ウメハラさんをはじめゲームプレーヤーのみんなは、清宮選手のことなんて全然知らないよねっていう肌感覚までは持ててないんだな。そこまでゲームプレーヤーと近い関係ではないんだな、って思ったんです。

ウメハラ なるほど。

ちきりん ゲーム関連企業の人でさえ、プレーヤーについて深く理解してるわけではないというのが、意外というか印象的だったのでよく覚えてます。

ウメハラ 実際、プレーヤーと企業の関係も微妙な感じなんです。

ちきりん お金を出しても動かないモノって、企業にとってはやっかいなんですよ。しかも最近はe-スポーツ協会とかもできて、政治家まで首を突っ込んできたりしてるから、そのうちクールジャパンみたいに、ゲーム業界も政治案件化しちゃうかも。

ウメハラ そういうの、ほんとやばいと思ってるんです。誤解してほしくないんだけど、僕はゲーマーがいつまでも貧乏でいいと思ってるわけじゃありません。スポンサーがついてプロになれる人が増えてきたのはいいことです。

でも多額の金が流入してきて、プレーヤーの意識が変わってしまい「金のために勝てればいい」みたいになってゲームがつまらなくなったら、結局はファンが離れてしまう。せっかく食べていけるようになったのに、それじゃあブチ壊しです。

ちきりん 長期的に食べていける業界になるためには、短期的なお金の流入に惑わされたらダメってことね。確かにそうやって壊れちゃう組織や業界ってたくさんありますよね。

たとえば地方再生とか商店街の振興とか。最初に店主有志で集まって頑張ろう、みたいな時期は、ひとつの店が1万円出して、トータル30万円の予算でなんとか商店街を盛り返そうと努力するんです。

ところがそれがちょっとうまくいき始めると、総務省とか中小企業庁、地方再生審議会みたいなところが目をつけて、「このモデルを成功事例にして、全国展開しましょう！」

とか言い出す。すると、いきなり1000万円みたいな単位のお金が降ってくる。
1000万円って、国の地域再生予算としてはごく小さな額なんです。でも年間30万円の予算でなんとか頑張ろうとしてた商店街は完全におかしくなっちゃう。今まではあれこれ試行錯誤と工夫を繰り返してたのに、いきなり「有名な先生を呼んで、商店街の活性化についての勉強会をしましょう。講演料は50万円なので予算は十分にあります」みたいな話になっちゃう。

ウメハラ そりゃダメだと僕でもわかります。

ちきりん でしょ。違う業界が接点を持つと、それぞれの常識が違うから、いきなりケタの違うお金が入ってくる。それが今までの地道な努力をぶち壊しにしてしまうというのは、あちこちで起こってる悲劇なんです。……でもね。

ウメハラ はい？

ちきりん そういう危なさがあることに、事前に気がつける人は多くないんです。ましてや、多額のお金が目の前にぶらさがった時に、その危なさを理解して、手の出し方を考えなくちゃいけないと理解できる人なんて、ほとんどいません。

ウメハラ 僕のコトを褒めてくれてますか？

ちきりん わかってて聞いてるでしょ？　褒めてますよ。てか、スゴイと思ってます。

お金の束縛

ちきりん それにしてもこの対談、3年前から続けてるわけですけど、その間、ゲーム業界を巡る状況も大きく変わってきましたよね？

ウメハラ ええ。ちきりんさんまでそう感じるってことは、相当に大きな変化が起こってるってことなんでしょうね。

ちきりん 私にまで見えるようになってきたのは、ゲーム界とビジネス界の接点が増えてきたからだと思います。プロゲーマーを養成する専門学校ができたり、プレーヤーに月給を払って一緒に住まわせ、みんなで賞金獲得を目指すような会社が出てきたり……なんのゲームだったか忘れたけど、そのゲームだと大会賞金は億単位だと聞きました。

ウメハラ FPS（First person shooting game）やRTS（Real-time strategy）と呼ばれるゲームですね。チームを組んで戦うゲームなのでそういう養成法になるんでしょう。そういえば確かにビジネス界との接点は増えていて、僕もいろんな業界の方から声をかけられることが増えてます。

ちきりん 格闘ゲームに関しては、ウメハラさんが参加しないと成り立たない、みたいなイベントも多そうです。言葉は悪いけど、ウメハラさんを利用するというか、ウメハラさんの名前や力を借りて商売にしようって人もいるのでは？

ウメハラ そこまで露骨じゃないし、多くの人がゲーム業界に関心を持ってくれるのはありがたいとは思います。でも、気をつけないとおかしな方向にもってかれちゃうな、という警戒感はありますよね。

ちきりん やっぱり。

ウメハラ 前に「金は鋳造された自由である」というドストエフスキーの言葉を人から聞いて、そのとおりだなって思ったんです。たとえば1億円あれば、1億円分の自由が手に入る。その分、働かなくてもいいし、あればあっただけ選択肢が広がって、好きなことができる。

でも最近わかったのは、お金で手に入る自由っていうのは、物理的な自由なんですよね。

精神的な自由に関しては、お金が入れば入るほど制限が多くなって、むしろ損なわれてしまうことも多い。

ちきりん それはホント、そのとおりですよね。そんでもって私たちの定義でいえば、精神的な自由がなくなれば、「いい人生」から離れてくってことだもんね。

ウメハラ しかも、自分だけそれがわかっててもダメなんです。もしトッププレーヤーの多くがお金のためにその束縛を無意識にでも受け入れてしまったら、ファンにもそれが伝わって、業界自体が潰れてしまう。

ちきりん ああ……今ようやくカプコンカップでの寄付の意味がわかりました。きっとみんな、ウメハラさんの言いたいことをそれぞれに受け止めたと思いますよ。

忍び寄る学校的価値観

ちきりん ウメハラさんて義理人情に厚そうですけど、もし私が「メルマガを始めたんで、単独インタビューを載せさせてください。そしたらきっと購読者が急増するから」みたいな依頼をしてきたらどうします？　断れる？

ウメハラ ……1回は受けますね。ちきりんさんには恩もあるので。でも1回だけです。1回受けて、その後は縁を切る。だからそういう覚悟をもって頼んできてほしい。

ちきりん えっ、いやいや冗談ですよ。てか、たとえ話です。金の卵を産むダチョウがいるのに、ダチョウのお腹を切り裂いて金の卵を取り出そうなんて思いません。

でも、ウメハラさんはもともとゲームの世界では神だったけど、今や他分野の人にも知られ始めて、アチコチからいろんな企画が押し寄せてるでしょ？ だから私、これからウメハラさんが遭遇するであろう経験にとても興味があるんです。だってこれからは、小さい頃、寝ててまったく接点を持たなかった「学校的価値観」と対峙《たいじ》する必要が出てくるはずだから。

ウメハラ 学校的価値観と対峙？ どういう意味ですか？

ちきりん ウメハラさんがこれからつきあうことの増えてくるビジネスの世界の人、大手ゲームメーカーの人だったり、イベントビジネスに関わる人だったり、もしかしたら官僚とか政治家とか、そういう人たちって、まさに学校的価値観の世界で勝ち組だった〝学校エリート〟なわけですよ。

ウメハラ　確かに会う人会う人、みんなすごい学歴だったりしますね。

ちきりん　でしょ。で、ウメハラさんはこれから、否応《いやおう》なく今までとはまったく違う世界、学校エリートが作り上げてきた世界と関わりを増やすことになるし、時には強引に引き込まれそうになったりもすると思う。

　私の場合、最初に学校的価値観の世界で育って、そこを脱出して今の自分がいるわけだけど、ウメハラさんは学校でずっと寝てたから〝あっちの世界〟を実質的には知らないはず。でもこれからはそれがどういう世界なのか、じっくり理解することになると思います。

ウメハラ　ちょっと脅かされてる気分です。

ちきりん　事前に覚悟してたら対応もラクかなと思って。

ウメハラ　それはどうもです。でも、これから学校的価値観と対峙することになるという話は、確かにそうかもしれませんね。ゲーム業界では、ゲームを作るメーカーが学校だったり先生的な立場で、プレーヤーは彼らの言うことをよく聞いて頑張る良い生徒であるべし、的な感覚を持ってる人もいるし。

ちきりん　それ、ウメハラさんが強烈に嫌がってた学校と同じ匂いがしますよね。しかも、ずっと社会から認められたいと思っていたのに、ようやくそれが実現したら当然のような顔をして「学校的価値観」からまた魔の手が伸びてくる。そのうち「ウメハラさん、選挙に出ませんか」なんて話もくるかも。

ウメハラ あり得ないでしょ。

ちきりん 十分あり得ますよ。これから選挙権は18歳以上に与えられるし、ウメハラを出せば若者票で1議席獲得できると考える政党が出てきてもまったく不思議じゃない。

ウメハラ ちきりんさんにもいろんな話がありますか？

ちきりん 私の場合は実名も顔も隠して、「あんた誰？」みたいな立場で活動してるから今のところ学校的価値観の世界はあまり近づいてこないけど、本名のほうだと、大学の講師になってくれとか、団体の理事になってくれとか、すごく多いです。

ウメハラ そういうのは引き受けない？

ちきりん 1回きりのイベントならともかく、大学の講師とかやっちゃうと、ものすごい自由度を奪われますからね。それは時間的な拘束だけじゃなくて、たとえばネット上での発信内容にも制限がかかり始めます。だから絶対にやりたくない。でもね、大学講師とか客員教授っていう肩書きをありがたがる人もたくさんいるんです。

ウメハラ かっこいいから？

ちきりん っていうより、フリーの文筆家や評論家にとって「大学で教えてます」というのは、就活時における「大卒です」ってのと同じ、すごくわかりやすい資格証明だから。

ウメハラ 学歴と同じ効果があるんだ⁉

ちきりん そのとおり。だからみんな「とりあえず貰っとけ」って感じになる。でもね、それを得ることによって人生に縛りがかかるという点でも、「とりあえず大学進学」ってのと同じだと私は思ってるんです。

だからさっきのお金の話もそうなんだけど、目の前のおいしそうな人参を食べる前に、「コレ食べたら、何がどう変わるんだろう？」って考える必要がある。そうしないと、いつのまにかどんどん縛られちゃうんです。

最終章　未来

「目指せ、社会派ゲーマー!」　ちきりん

「長生きして待っててください」　ウメハラ

50歳でも神？

ちきりん 最後に「これからのこと」、つまり未来について話したいです。ひとつは年齢からくるハンディとか限界の話。ゲームだって一般的には若い子のほうが有利でしょ？ 数年前に話した時、「年を取って勝てなくなったなんて言われたくない。それだと、今までは若かったから勝ててただけってことになる」と言われてましたけど。

ウメハラ 今はぜんぜん負ける気はしないけど、永久にってことはないでしょうね。いろんな人から、35歳過ぎたらすごい変わるよ、想像のできない変わり方だよって言われるんで。

ちきりん そうそう大変ですよ。個人差もあるし訓練で補える部分も大きいとは思うけど、それでもまったく老化しないなんてあり得ない。だからそれに対して、神であるウメハラさんがどう対応して、何を学んでいくのか、すごく興味があります。

ウメハラ 老眼とか考えたくもないけど、年を取って反射神経が鈍って老眼になっても今までのように勝てるのかと言えば、それはやはり簡単なことではないと思います。ただ、ゲームでは経験値も重要な要素なので、それは今より積み上げることができる。肉体の衰えをどう受け止め、どう戦っていくのか、未知の世界なんで楽しみでもありますね。

ちきりん ある意味、新しい成長機会ですよね。ウメハラさんが50歳になっても今の感動プレーを続けていたら、それはすごいことです。

ウメハラ 僕自身が感動します。

ちきりん でもあり得そう。将棋だって羽生善治名人は45歳でトップに君臨してるし、三浦雄一郎さんは80歳でエベレスト登頂に成功されてるし。

ウメハラ ただ、勝ち続けられなくなる時はいつか必ず来るわけで。その時に今と同じように「いい人生だ」と言い続けられるか、実感し続けられるか、そこが大事なところです。

ちきりん そうですね。年齢の限界に直面したら、また前みたいにあがいてあがいて、それによって、その時点での自分の器を見つけて納得する。それが大事だってことですね。

世界に発信!?

ちきりん 今後、新しい活動を始める予定とかあるんですか?

ウメハラ ネット配信には可能性がありそうだなと思ってます。

ちきりん　ニコニコ（動画）とかユーチューブ（YouTube）とかですね。ゲームだとツイッチ（twitch　世界最大のゲーム専門のライブ配信サイト。現在はアマゾンの翼下）かな？

ウメハラ　実は今年（２０１６年）の２月からツイッチで番組を持っていて、いろいろ試してるところです。ネット配信はテレビに比べたら圧倒的に制限も少なくて自由。これからは配信動画がテレビ番組と戦っていける時代になるかもと思ってるんで。

ちきりん　若い子はみんなスマホで視聴するわけだから、動画コンテンツとテレビはまったく同じ土俵で比べられますよね。特にゲームは動画サイトにおけるメジャーコンテンツだから、すごい可能性がありそう。

　しかも今回の配信では、企画から番組リードまでウメハラさんの担当なんでしょ？

ウメハラ　ひとりで全部やってるわけじゃないけど、最終的に決めてるのは僕です。

ちきりん　先日ちょっと見てみたんだけど、英語の通訳もつけてますよね？

ウメハラ　あっ、そうなんです！　前にちきりんさんから「ネット配信をやるなら日本語だけじゃなく英語でも流すべき」って勧められたんで。

ちきりん　それは煽った甲斐《かい》があります。ニューヨークでのイベントで、アメリカ人ファンがウメハラさんのサインを貰うためにずらーっと並んでるのを見て、「この人は絶対もっとグローバルに売り出すべきだ」って確信したんです。

ウメハラ 海外にもファンがいるのはわかってたけど、今さら英語を勉強するなんてあり得ないし、と考えてました。でもちきりんさんに「吹き替えで流したらいい」って言われ、その手があったかと。

ちきりん 私ね、自分は日本語で、しかも文章って世界で活動してるでしょ。それが結構、残念なわけです。日本語もテキストもニッチだから。しかも私が書いてるのは、日本の社会現象とか環境に依存した内容ばっかり。つまりコンテンツ自体が日本ローカルなんで、あれをそのまま外国語にしても海外ではウケません。

でも、ウメハラさんは違う。格闘ゲーム自体がグローバルだし、ウメハラさんのパフォーマンスもグローバルにトップクラス。コンテンツがグローバルに通用するのに、言葉の問題で日本国内にしか伝わらないのは、超もったいない。

ウメハラ そうか。

ちきりん 本だってそうですよ。『勝ち続ける意志力』を英訳して電子書籍で出せば、世界中でバカ売れします。誰もやらないなら私が版権を買い取りたいくらい。

ウメハラ 本気ですか？

ちきりん えっ!? いやまあ、それは冗談なんですけど。でもホントにウメハラさんには、世界に向けてもっともっと発信してほしい。そういえばアメリカに行った時、フェイスブックとかツイッチの本社に招かれてたでしょ？

ウメハラ ええ。アメリカの会社のオフィスって日本とぜんぜん違っててびっくりしました。

ちきりん そんな有名な会社から招かれる日本人、ほとんどいません。わかってます？

ああいう会社のエンジニアの中にはゲームオタクな人もたくさんいて、そういう人にとってウメハラさんはやっぱり神だと思うんです。だからぜひ今後はグローバルに……、

ウメハラ わっ、わかりました。考えておきます。それにしてもずいぶん煽りますね。

ちきりん ふふふ。煽るの趣味なんですよ。ブログでも若い子をガンガン煽ってます。

ウメハラ 他人のこと、そんなに煽って責任とれるんですか？

ちきりん 煽ったって動かない人は動きません。それに私が煽るのは、煽り甲斐のある人だけです。そういう人は煽られたからって、鵜呑みにしたりしません。だから最後は自己責

任です。でも、煽られたのが〝きっかけ〟になって人生が変わる人もいる。だからこれからもガンガン煽り続けたい。

ウメハラ わかりました。どんどん煽ってください！

人を信じるという実験

ちきりん 人材育成には興味ないんですか？　ゲーム界の若い子を育てていくとか。

ウメハラ ありますよ。ただ、同じ育てるのでも、学校で教えるとか指導者みたいなのではなく、一見、救いようもないように見えるけど、自分としては何かしら可能性を感じる、そんな子を信じて一緒にやってみる、みたいなのがいいかな。実は最近、実際にそういうことをやってるんです。

ちきりん 一見、救いようもない人？

ウメハラ まともな学歴も職歴もない。仕事での実績もない。それどころか向いてない仕事に手を出して失敗して切られて、みたいな、どうにもならない感じの……。

ちきりん なんでそんな人を助けるんですか？　何か光るものがあるってこと？

ウメハラ 確信があるわけじゃないんだけど、そいつを見てると、昔の自分の姿に見えたりもするんです。

僕はずっと不安だったわけですよ。ゲームで世界一になってても、真っ白な履歴書を見て人を判断する人たちには、僕はもうどうしようもない、なんの望みもない人間に映ってたわけです。もちろん自分では「オレには何かある。これだけ頑張ってるんだから何かあるはず」って信じてるんだけど、相手には伝わらない。まったくわかってもらえない。

あまりに誰も認めてくれないから、自分自身でもそのうち、「これって錯覚なのかな、俺って結局、何もないのかな」って思えてしまう。自信がなくなって、また不安に陥る。でもね、もしあの時、僕を信じてくれる人がいたら、どうなってただろうって思うんです。

ちきりん 信じてくれる人がいたら、何かが変わってたと?

ウメハラ それが知りたいんです。何かが変わってた気もするんです。あの時点で、あのクソでボロボロで何も持ってなかったオレを誰かが信じてくれてたら。……だからそれを、反対の立場で試してみたいのかもしれない。

ちきりん ふーーーん。

ウメハラ もちろん当時の僕みたいな熱意とか頑張りとか、同じレベルのものが見えてるわけじゃありません。でもそいつは、すごい酷《ひど》い目に遭ってるのに人の悪口をほとんど言わない。人として誠実なんです。だから信用できる。そういう奴をこっちも信じてみる。信じた結果、何が起こるのか。それが知りたいんです。

ちきりん 「人を信じることで、何かを変えることができるのか」「信じることによって、何かを生み出せるのか」、それを試してみたいんだ……。信じても裏切られるかもしれないし、裏切られはしないけど結果が出ないかもしれない。それはそれでいいってことね？

ウメハラ 世の中は「こいつには何かありそうだ」だけでは信じてくれないんですよ。学校的な価値観で認められた具体的な資格みたいなもの、履歴書に書けるものがないと信じてくれない。僕自身、社会からクズだ役立たずだと言われてきたので、一見ダメそうだけど場所さえあれば輝けそうな人を助けたくなるのかもしれない。

ちきりん 確かに学校的な価値観で〝アウト〟な人には、社会ってまったく期待しないですよね。でも人生ってちょっとしたことでうまく回り出したりもするから、信じてくれる人に巡りあえて人生が大きく変わった、みたいな人はいてもおかしくない。

ウメハラ そういうことのほうが、大上段に構えた「人材育成をやります！」よりおもしろいと思えるんです。自分にとってもチャレンジだし。

ちきりん 確かにねー。私も時々、ライターさんとか文筆業志望の若い人に、文章の書き方を教えるような活動をしようかなと思うことがあったんです。文章で食べていきたい人は多いんだけど、実践的な学びの場が少ないし、ライター志望とか言いつつあまりに文章力の低い人も多いので。

ウメハラ いいんじゃないですか。

ちきりん でも今の話を聞いて思ったのは、そういう学校的な場所を作って、自分が先生になって誰かに教える、みたいなのって、それ自体が学校的な発想なのかもしれない。だからウメハラさんにとっては、あまりワクワクしない話なのかも。

ウメハラ そうかも。

ちきりん 一方で、自分はウメハラさんと同じことができるだろうかって考えたんです。目の前に具体的な人がいないので想像でしか考えられないんだけど、その子の学歴とか職歴とか、いわゆる学校的価値観をいっさい抜きにしてその子の可能性を信じられるか、って考えたら、一瞬、頭が止まってしまった。

ウメハラ 結局は学歴や職歴がないと、信じられないかもしれないってこと?

ちきりん 恥ずかしいけどそうかもしれないって、今、思いました。前も言ったけど、私はもともとその価値観の中で育ってきたし成功してきた人だから、「自分を信じてくれる人」への強い希求感がないんです。学校って少々反抗する子でも、成績が良ければ無条件で信じてくれるから、私だって結局は評価されてた。

子どもの頃どれくらい親から愛されたか、みたいな話と同じで、「信頼される」「信じてもらえる」ってことも、当たり前のように享受できてた人には、それが得られなかった人の気持ちを想像するのが本当に難しい。

学校的価値観の大崩壊を起こしたい

ウメハラ 次はちきりんさんの「これから」について話してください。文章を書くのに老化はあんまり関係なさそうだけど、でも、人気凋落《ちょうらく》とかもあり得るんですかね?

ちきりん あり得ると思うし、むしろそうなったらいいと思う。

ウメハラ なぜですか？

ちきりん だって、こんな偉そうに「いい人生とはね」って語ってる人が没落したら、おもしろいでしょ？

ウメハラ おもしろいって……自分のことですよ？

ちきりん 前に言ったように、私は半径2メートル以内のことにはあんまり関心がないんです。自分のことなんてどうでもよくて、むしろ自分の人気がなくなって、みんなが手の平を返したように冷たくなる、みたいな漫画的なコトがホントに起こるなら、むしろそれを見ながらケラケラ笑いたい。自分の人生なのに他人事みたいに楽しめるんです。

ウメハラ 不思議な感覚ですね。

ちきりん あと、このままずっと「頑張らない人生でーす」とか言ってて、そのうち空《むな》しくならないのかな、というのも興味ありますね。だって人間てなんだかんだ言っても、「頑張る」とか「目標に向けて必死になる」っていう経験が「いい人生」には必要な気もするんです。私みたいに「もう人生で、何も頑張りたくない」とか言い切るのって、そのうちどうにかなりそう。

ウメハラ 自己嫌悪に陥るとか？

ちきりん うん。「いい人生だと思えなくなる」ってことです。

ウメハラ そんなこと言ってるくらいなら、何かに頑張ればいいじゃないですか？

ちきりん そこが私たちの違うところなんですよ。私は、「何にも頑張らない人生って、どこまでつらくならずに続けられるのかな」みたいな妙なことに興味があるんです。

ウメハラ ホントに変わってますね。でも自分じゃなくて、社会のことには興味があるんでしょ？

ちきりん ありますね。社会はどんどん変わってほしい。最近はいろんな分野で変化が大きく、かつ早くなってきてて、とっても楽しいです。

ウメハラ どんな変化に期待しますか？

ちきりん この話のテーマと絡めるなら、学校的価値観の大崩壊が起こってほしい。

ウメハラ ほぉ。

ちきりん ウメハラさんは去年の終わり、『ハーバード・ビジネス・レビュー』にインタビュー記事（第1章前出）が掲載されてたけど、私があういう雑誌に載ることはあり得ないんじゃないかな。匿名だし、経歴も学歴も隠してどこの誰だかわからないような人、ハイエンドなマネジメント誌になんて載せられない。

ウメハラ なんでプロフィールを隠すんですか？

ちきりん 学校的価値観の人がそれをもって私を判断するのがイヤだから。

ウメハラ あー。

ちきりん 私はいわゆる学歴エリートだから、学歴や経歴を出すと、みんなそれを見て仕事を依頼してくるわけ。取材だったり出版だったり講演だったりね。でもその私が話す内容は、プロフィールを公開していない〝ちきりん〟が話す内容と同じなわけでしょ。

ウメハラ なんか複雑な話ですね。つまりひとりの人間が、経歴を隠して活動してる場合と、経歴を開示してる場合では、舞い込む仕事の質や数が変わるってことですか？

ちきりん そうそう。

ウメハラ 仕事を頼んでくる方は、意見の中身を見て依頼してるんじゃなくて、経歴を見て依頼してくるわけだ。

ちきりん そうです。だから経歴を詐称する人が後を絶たないんですよ。

ウメハラ でもちきりんさん、元横浜市長の中田（宏）さんや、共産党の志位（和夫）委員長とも対談してたでしょ？　プロフィールなんて開示しなくても、ちゃんと信じられてるじゃないですか？

ちきりん 政治は人気商売だから学歴よりフォロワー数のほうが大事なんです。でも、大企業を中心とする企業社会やマスメディア、つまり学校的価値観が支配してる世界は、プロフィールがしょぼいとまず信用しない。

ウメハラ 就職の話と同じですね。履歴書がスカスカだと、面接で中身を確認してもらうところまで進めない。

ちきりん まったく同じです。昔のウメハラさんとか、今、ウメハラさんが助けようとしてる人とか、そういう学校的価値観が評価する学歴や資格が何もない人を見下さない社会って、プロフィール非公開のブロガーを認めてくれる社会と同じだってことなんです。

ウメハラ でも、ちきりんさんはたくさん本も出してるし、当時の僕とは全然違いますよ。

ちきりん 確かに私も本を出す前後では、世間からの扱われ方が変わったと感じます。なぜなら本を出してるというのは、「この人は学校的価値観コミュニティのひとつである出版業界が評価した人です」っていう証明になるから。

だから学校的価値観にどっぷり浸かってる人の中には、売れなくてもいいからとにかく本を出したいって人も多いんです。今のウメハラさんだって「本を出してる」ってことが、企業社会にいる人たちにとって、仕事のパートナーとして認めやすくなってるひとつの理由だと思いますよ。

楽しみ方を提示するのがプロの役目

ウメハラ 実は最近、大会で勝ってもたいして嬉しくないんですよ。

ちきりん うわ、そんなこと言っちゃっていいの!?

ウメハラ べつにいいですよ、嘘じゃないから。これからも大会に出て、勝つことや成長を目指すのは同じですけど、1回の試合で負けても真の実力では誰にも負けてないという自負もあるんで、勝っても負けても結果としては満足できる。それに大会で勝つのは同じルーティンの繰り返しだし、自分ひとりで完結しちゃうし。

ちきりん ひとりで完結しちゃう成果だと、満足できなくなってる?

ウメハラ　そうですね。今はひとりで完結する個人戦より団体戦のほうに興味が移り始めて、一緒にやってきた仲間をどうにかしたいという気持ちが芽生えてます。
社会にはうまく適合できない連中も多いんだけど、僕が信じたりチャンスを与えることで覚醒するかもしれない。もしひとりでも才能が開花したら、そんなにすばらしいことはない。

ちきりん　カドカワの川上量生社長の発想と似てるかも。

ウメハラ　あとはやっぱり、僕クラスのプレーヤーがせめてあと何人か出てこないと格闘ゲーム界も発展しないので、そこも意識してます。

ちきりん　それは下のほうにいる人を引き上げるより難しそう。具体的にはどういうことをするんですか？

ウメハラ　彼らが驚くくらい高い水準を示すってことかな。たとえば、カプコンカップで賞金の6万ドルを全額寄付した時、遠くから見てるファンの人たちは「おーすげー」「ヒューヒュー」って感じだったと思います。でも、一緒にプレーしていた仲間たちは、みんな呆然《ぼうぜん》としてました。

ちきりん それはわかります。あんなの見せられると、自分とウメハラさんとの間の決定的な差を感じてしまうもの。ある意味、絶望感に襲われる。私がプレーヤーとしてその場にいたら、凍りついてしまって動けなくなりそう。

ウメハラ それくらい「敵《かな》わない」と思わせることが必要なんです。どこまで行かなくちゃいけないか、ゴールの遠さを強烈に示さないと、みんな小さなところで満足してしまう。

ちきりん 「最近はゲーム大会の賞金も高くなってきてよかったねー」みたいなところで終わってしまうと?

ウメハラ そしてその賞金のために「勝てばいいんでしょ」みたいなつまらないゲームを始めてしまう。それだと単に、ゲーム開発者のミスを探す作業になってしまうんですよ。

ちきりん そっか、ゲームってなんらかの設計ミスで、強さにアンバランスが生じてる部分を見つけると勝てるわけだ。

ウメハラ 「開発者のミス探し」や「裏技探し」が素人よりうまいのがプロゲーマーですなんてことになったら、誰もプロに憧れないし、プロのプレーに感動してくれないでしょ?

ちきりん 確かにね。

ウメハラ　僕は、プロゲーマーの仕事っていうのは、そのゲームの楽しい遊び方を発掘して、ファンの人にプレーを通してそれを伝えることだと思ってるんです。「こうやって遊ぶとこのゲームは今までよりおもしろくなるよ。単なるバグ探し的な遊び方とはぜんぜん違ってくるよ」って。

ほら、子どもの頃、毎日同じメンバーで同じ公園に集まってると、みんなで「どうやって遊ぶと楽しいか」を考え始めるじゃないですか。ひとりだけ野球がうまい奴がいたら、おもしろくするために今度はルールを変えてやってみようぜ、とか工夫しますよね。

ちきりん　うんうん！

ウメハラ　プロゲーマーが次々と新しい遊び方の提案をすることで、ゲームはどんどん楽しくなるし、それを示せてこそのプロなんです。そして、そのプレーでファンをワクワクさせないと意味がない。プロだから勝つことは大事です。でも、獲得した賞金総額で競ってるだけじゃダメなんです。

ちきりん　ふーん。なるほどねー。そっかー。

ウメハラ　なんなんですか？

ちきりん それって人生も同じだなーと思って。

大人の役割とか、先生の役割って、本来は「こうやって遊ぶと、人生楽しいよー」って教えることだと思うんです。遊ぶっていうか、「こうやって過ごすと、人生楽しいよー」って。しかもクチで説明するんじゃなく、自分の人生を見せながら、子どもに人生の楽しさを示していく。

ウメハラ 確かにそうですね。

ちきりん でも今は学校も「勝てばいいんでしょ」的な方法を教えるわけですよ。「こうやったら楽しいよ」じゃなくて「こうやったら人生の勝負に勝てますよ」って。

ウメハラ それ、今、僕が話したこととまったく同じだ!

ちきりん そうなの。「どうやったら楽しくなるのか」ってゲームだけじゃなく、人生だって同じじゃないですか。それが一番大事でしょ? でも学校的な価値観の世界は、「楽しむなんてことを目的にしてたら、勝てないぞ」って脅すんですよ。まるでその二つが相反するみたいに教える。

ウメハラ でももし、プロゲーマーがファンに「このゲームはこうやって遊ぶとサイコーにおもしろいんだぜ」って示せるようになって、学校の先生が「人生はこうやって過ごすとサイコーにおもしろいんだぜ」って自らの生き方をもって示してくれたら……、

ちきりん 学校、めっちゃ楽しそう！

入れ替わるふたり？

ちきりん ここまで話してきて、私、確信してるんですけど。

ウメハラ なんでしょう？

ちきりん これだけ活動が拡がってきて、関心の対象もどんどん変わってるわけだから、今後はウメハラさんも、半径2メートルより遠いところに関心を持つようになりますよ。そのうち〝社会派ゲーマー〟とかになっちゃうかも。

ウメハラ 社会派ゲーマー？

ちきりん 十分あり得ますよ。てか、さっきの話を聞いてて、むしろ絶対にそうなると確信しました。神様に対して上から目線で申し訳ないけど、世の中にはまだまだウメハラさんが知らないことで、おもしろいことがいっぱいあるから。

これまでのウメハラさんはある一カ所だけをめちゃくちゃ深く掘ってきたわけだけど、他の場所でも「ここを深く掘りたい！」って場所に巡りあう可能性は十分にある。

ウメハラ 社会派ゲーマーかぁ。

ちきりん 超楽しみ！

ウメハラ 反対にちきりんさんが、成長オタクになる可能性は？

ちきりん ないない。

ウメハラ 確かになさそうだ。

ちきりん 私は飽きっぽいので、長く同じ場所を掘り続けることができないんです。しかもブログなんて、そのうち人工知能のほうがうまく書くって時代が来そうだし。

でもそしたら、次の「何か」を探すため、私ももう一度さまよってみようと思います。ウメハラさんみたいにストイックに突き詰めることはできないけど、ウロウロ迷いながら探すのが、根性なしの私にとっての「いい人生の探し方」なのかも。それがきっと私にとっての〝分〟なんですよ。

ところでウメハラさん、最後にひとつ提案があるんですけど。

ウメハラ　なんですか？

ちきりん　20年後にふたりとも生きてたら、もう一回、対談しませんか？　いい人生って何だっていうテーマで。20年後だと完全に反対になってるかもしれないけど。

ウメハラ　反対？

ちきりん　20年後にはウメハラさんはすっかり社会派になってて、落ちぶれた私はアウトローな感じになってるとか。

ウメハラ　あり得る気がしてくるから怖い……とはいえ、なんなんですか、その「ふたりとも生きてたら」って。

ちきりん　私は常に「人生はあと10年しかない」って思いながら生きてるので、20年後だとよくわからないなと思って。

ウメハラ　ホントにおもしろいコト言いますね。

　わかりました。生きててください。対談しましょう。

ちきりん　頑張ります！

合計 100 時間におよんだ対談を終えて。2016 年 4 月撮影
（対談開始の経緯については次ページ以降をお読みください）

この本ができるまで

〜あとがきに代えて〜

▼この人誰？　何モノなの？　byちきりん

２０１２年、ツイッターのフォロワーさんから梅原さんのゲーム動画を紹介されました。プレーの内容は理解できていませんが、映ってるアメリカ人ギャラリー（ゲーム観戦者）が大声で叫んだり飛び上がったり、大興奮してるんです。それを見て、「これはスゴイことらしい」と理解しました。

その数カ月後、書店で『勝ち続ける意志力』という本を見つけたんです。「これ、あの動画の人だ」と思って手に取り、読んでみたら、今度はほんとに驚きました。有名経営者の本かと思えるくらい本質的なことが書かれていたからです。「勝つことと勝ち続けることはどう違うのか」ってことを、ここまできれいに言語化できるなんて、「この人誰？　何モノなの？」って思いました。

それで、２０１３年のお正月にブログで本を紹介したんです。そうしたらものすごくたくさんの方が読んでくださって、私のブログ経由だけでも２０００冊以上が売れました。しかも読んだ人はみんな私と同じように、「この人スゴイ！」って驚いたみたいで、ツイッターでもそういう感想がたくさん届きました。

▼有名ブログってスゴい！ byウメハラ

『勝ち続ける意志力』は、ゲーム関連以外で僕が出した初めての本です。2012年の4月に出て、発売当初からよく売れました。増刷が続き、最初は書店での売れ行きランキングに一喜一憂、書評や読者の感想を読むのもイチイチ楽しかった。

ちきりんさんのブログで紹介されたのは出版して8カ月、そういう楽しい時期が終わりかけてた頃です。「そろそろ終わりかな。それにしても楽しかったな」と思ってたら、また突然に売れ始めた。年明けすぐに出版社から、有名ブログに紹介されて売上げがグングン伸びてると教えてもらいました。ちきりんさんのブログを読んだのは、その時が初めてです。

紙の本の増刷が間に合わなくて売り切れが続き、かわりに電子書籍がバカ売れしました。その結果、この年のアマゾン新書キンドル本売上げランキングでは、池上彰さんの本を2位におさえて、僕の本が1位になったんです。びっくりでしょ？ 有名ブログの影響力ってスゴいんだなと思いました。

▼楽しみでした by ちきりん

ブログで本を紹介した翌月、B&Bという下北沢の書店で梅原さんと対談しませんかというお誘いをいただきました。B&Bは本を選びながらビールが飲め、イベントも毎日やってるユニークな書店さんです。

これまでも元横浜市長の中田宏さんや経済学者の野口悠紀雄先生など、本の紹介がきっかけで対談した人はたくさんいます。梅原さんも自分が感動した本の著者ですから、会って話せるのはとても嬉しかった。

いつものように、ネットで「ウメハラ」とか「DAIGO BEAST」（ウメハラさんの海外のゲーム界での通称）で検索しまくったら、彼が全国のゲームセンターで現地のゲーマーと対戦し、その対戦料を寄付する、というイベントの動画を見つけたんです。その中で彼がゲーム少年たちを相手に質疑応答をしてたんですけど、それを見て話のうまい人だなと思いました。なので対談については何も心配してなかったです。

▼不安でした by ウメハラ

書店イベントでの対談相手として出版社から「ちきりんさんはどうですか？　ブログで本を紹介してもらって以来、大変なコトになってますし」と言われた時は、「うーん。いいですけど。うーん。どうなのかな。うーん」って感じでした。

だって僕は本も売れていいけど、向こうにメリットがあるとは思えなかったから。僕は自分にだけメリットのあるコトを提案するのは嫌いなんです。恩ができちゃうしフェアじゃないから。なので「ちきりんさんにお願いしてみていいですか？」って聞かれた時も「いいですけど。まあいいですけど。まあダメ元で……」みたいなグダグダした感じでした。

ＯＫの返事がきた後も不安でしたね。彼女は匿名で活動してて、公開されてるのは文章と似顔絵だけ。会ってみたらマッチョなおじさんかもしれないでしょ？　そんな、どんな人か全然わからない人と対談するなんてどうよと。だから「まずは一度、打ち合わせを」ってお願いしたんです。

▼アワアワしました　byちきりん

梅原さんが事前の打ち合わせを希望されてますと聞いて、ちょっとびっくりしました。実は対談で事前に顔合わせをすることはほとんどないんです。みんな忙しいし、対談を頼まれるような方はみんな、対談慣れしてるんで。

待ち合わせの喫茶店には、梅原さんが先に到着されてました。すごいと思ったのは、壁際の席を私のために空けてあって、自分は通路側のイスに座ってらしたこと。やんちゃなゲーマーかと思っていたので、すごくマナーのいい人なんだと感心しました。

唯一驚いたのは帰り際に梅原さんが「ちきりんさん、韓国ドラマが好きなんですか？　僕の母親もたまに見てます」みたいに言われたこと。「なんなのこの人？　あたしが韓国ドラマ好きなのを知ってるの？　ブログ読んできたの？　それにしても自分がまったく関心ないことにまで言及するなんて、どんだけ気をつかってくれてるの？」と思って。

私、ちょっとうろたえてしまって、この話は早々に切り上げました。梅原さん相手に韓国ドラマの話をしても仕方ないでしょ。これがその日に唯一アワアワした瞬間です。

▼オレの勝ちだ！ byウメハラ

事前に読んでいった彼女のブログには、政治や経済についての難しい話も多く、内心ちょっと不安でした。でも会ってみると気さくで話しやすく、すっかり安心しました。

あと、会場が下北沢の書店というのも嬉しかった。ずっと前、人生に行き詰まってた頃、ゲーム仲間と居酒屋に行ったら、近くの席で大学生の男女がコンパをしてたんです。みんなキャーキャー騒いで〝乾杯乾杯〟って。こっちは野郎ばっかり冴《さ》えない感じで飲んでるのに、向こうは女の子連れでめっちゃ楽しそう。

あれは心底羨ましかった。オレも勉強さえしておけば大学生になってサークル活動とかやっちゃって、あっち側にいたかもしれないと。瞬間的にですけど、大学に行かなかったことを心から後悔しました。

でもね。下北沢の書店ってまさにそういう学生が行きそうな場所でしょ。だから自分がそこに、しかも聞く側じゃなくて話す側として呼ばれた。それがすごく嬉しかった。コンパしてる男女の姿が頭に浮かんで「見たか？　わかったか？　オレの勝ちだぜ！」みたいな気分でした。

▼ウメハラ縛りブログの真相　byちきりん

対談はとても楽しかった。ビールを飲んでて梅原さんに咎《とが》められた話は本の中でもしましたが、あれで気合いが入りました。お酒飲んでてグダグダの対談になったら「だから言ったでしょ。仕事なのに酒なんて飲んだらダメなんです。わかってます？」って言われちゃう。それはさすがにヤバイ。しっかり対談して「ちきりんさん、さすがですね。お酒くらい飲んでも仕事はできるという自信があったんですね！」って言わせたかった。だからいつもより頑張りました。

それと対談後、「次の１カ月は、梅原さんについてのブログを書きます」と伝えました。あの頃ブロガーの間で、ＰＶ（ページビュー）を増やすためにはとにかくたくさん記事を書け、みたいな話があって、しょーもない記事でも数打ちゃ当たるみたいになってました。それがあまりにくだらないので、私はぜんぜん違う方向性を示したかった。それで思いついたのが、１カ月、梅原さんのことしか書かずに２００万ＰＶを達成するという挑戦です。当時は月間１００万ＰＶが人気ブロガーの目安だったので、その倍のＰＶをテーマ限定で達成し、「目指すべきはこっちでしょ？」って示したかった。

▼ひたすら不可解でした　byウメハラ

対談はちきりんさんのリードがうまかったのもあって、とても気分よく話せました。初めての書店イベントが大盛況で嬉しかったです。

でもその後ちきりんさんがいきなり「この一カ月は梅原さんのことしかブログに書かない」と言い出したのには驚きました。なんとブログの名前まで変えちゃったんですよ（一カ月限定で、ブログ名が「Chikirin の日記 for DU」に変更されていた）。

僕は一応、事前に聞いてたんですけど、実際にブログを見ると「なんだコレ？」って。周りからも「なんであんなことになってるの？」って聞かれるんですけど、答えられない。「オレもわかんねーよ」って感じで、ひたすらに不可解でした。「ちきりんさんて、相当の変わり者なのかな？」とか、失礼なことまで考えてましたね。

でも内容自体は「僕が言いたいことをよく理解してくれている」と感じられるものでした。それにあの後、金融機関だったかな、ちきりんさん側の世界の人から講演依頼がきたりもしましたね。

▼考えるところが見たかった　byちきりん

イベントの数カ月後、「ちきりんさんは海外旅行が好きですよね。梅原さんとふたりで旅行とゲームについて対談本を出しませんか?」みたいなめちゃくちゃ安直な提案がきて、「あり得ないでしょ、それは」って思いました。

その後、「学校教育についての対談なら」と、私から提案しました。格闘ゲームについて質問しても、梅原さんからは完璧な答えしか返ってきません。過去20年、彼はそれについて考え尽くしてきてますから。下北沢のイベントだって、彼はあの場で何ひとつ考える必要はなかったと思います。何年も前から頭の中に蓄積してきた〝思考の結果〟を取り出して見せてくれてただけです。

私は思考そのものに興味があるんです。だからこの時も「ゼロから考える梅原さん」を見られるなら対談する意味があると思いました。それが学校の話です。彼の本や動画を見ても、学校の話はまったく出てきません。話を学校に振っても、「寝てました。以上」って感じで取り付く島もない。だから学校教育をテーマにすれば、梅原さんは「過去に考えたこともなかったこと」を私の前でゼロから考えることになる。それなら対談してみたいと思えました。

▼乗り気になれなくて by ウメハラ

「ちきりんさんと対談本を出しませんか？」と言われた時は、いまひとつ乗り気になれませんでした。『勝ち続ける意志力』が売れたり、ちきりんさんのブログ連載もあったりして、当時はいろんな仕事が舞い込んでる時期でした。

本も次の本や、その次の本の話まで出てて、さらにまた新しい本を書くなんて、周りからも「調子に乗りすぎ」と思われるし、同じような本ばかりいくつも出すのは読者に対しても失礼です。だから、なにかと理由をつけて渋ってました。

彼女もファンのついてる人だから、僕との対談本なら内容に拘《かか》わらず双方のファンが買ってくれる。でもそんな本を出すのはお互いにとってよくないんじゃないか。でも、恩があるから無下には断れないし。と逡巡《しゅんじゅん》してたら、追い打ちのように「学校教育について話したいと、ちきりんさんが言われてます」って。

「まじかよ！」って思いました。そんなコトについて僕が話せるはずがない。家族からも「明らかに買いかぶられてる」と言われたし、自分もそう思いました。だからすぐには受けられなかった。

▼完敗でした by ちきりん

最初の打ち合わせの時、いいかげんな本は出したくないと宣言され、私もまったく同じ気持ちだったので「話してみて、納得できる内容になったら本にしよう」と合意しました。それで話し始めたんですが、彼の思考力と言語化能力には驚かされました。

ある時、話が混乱してきたので、私は家でメッセージを整理して資料を作り、次の打ち合わせで説明したんです。そしたら彼も「あれから僕もちょっと考えてみました」って話し始めたんですけど、それが……私のより圧倒的にいい話なんです。もうまったくレベルが違う。しかも彼を見たらスゴク誇らしげで嬉しそうな顔をしてる。「ほら、僕の勝ちでしょ」みたいな。梅原さんはゲームではポーカーフェースで有名で、勝っても負けてもまったく感情を表しません。そんな人が議論で私に勝って、こんなに嬉しそうにしてるんだと、愕然《がくぜん》としました。

なんで彼の考えのほうが圧倒的によかったのかって？　簡単です。私はそれまでの議論を表にまとめてきただけなんです。でも彼はもう一度ゼロから考えてきました。「議論を整理してきた人」が、「ゼロから考えてきた人」に勝てたりはしないんです。

▼断らなくてよかったです　byウメハラ

最初は「学校教育について対談するなんて不可能」と思ってましたが、話してみたら予想外におもしろかった。ふたりの経験が大きく違っていたからだと思います。

僕は学歴のない惨めさを痛感してきましたが、自分で学歴エリートだと言うちきりんさんの話を聞いて、大学を出た人もいろいろ大変なんだなと理解できました。どっちが正しいということじゃなく、「これさえあればうまくいく」っていう魔法の杖《つえ》はどこにもないってことですね。

それに、社会も変わってきてると感じます。僕が若い頃、10年ちょっと前は、学歴がないと八方塞がりでした。今はそれほど窮屈じゃないのかもしれない。対談を始めた3年前と比べたら、最近は「学校の意義」について世の中の関心も高まってる。だからこの本の完成まで思いがけなく長くかかったけど、むしろよかったのかもしれない。未来の社会では学校的価値観自体がなくなっていて、学歴を話題にすることすら時代遅れになってるかもしれません。

最初に「学校教育」なんてテーマを与えられた時は、「どう考えても断るべきだ」と思いました。でも今は、この仕事を受けてよかったと思ってます。

▼やるべきことが見えました byちきりん

学びの多い対談でした。レジでお金がなくなると、学歴のない人が真っ先に疑われるという話は衝撃的で、想像するだけでつらい。でも私は体験していないから、たぶんリアルにはわかってないと思います。

梅原さんの思考力は、「考える時間はたっぷりあるけど、その考えを聞いてくれる人が誰もいない」という期間が長かったから、あそこまで深められたんだと思います。ゲーム業界以外の人が彼の話に耳を傾け始めたのはここ何年かですけど、彼は20年も前から「これを伝えたい」「これをわかってほしい」ってことをずっと貯《た》め込んでいたんです。でも当時は、誰も彼の話を聞こうとしなかった。学校的価値観から見ると彼は、「聞く価値のある意見を持っていそうな人」には見えなかったからです。

今も私たちは学校的な価値観のせいで、すぐ近くにある大事なモノを見逃してしまってるのかもしれない。私のブログは有名メディアでもなんでもありません。だからこそ学校的な価値観に囚われず、本当に価値あるものを発掘していけるはず。そういうことにチャレンジすることの意義を、今回の対談を通してあらためて認識できました。

すばらしい機会を与えていただけ、心から感謝しています。

▼完敗です　byウメハラ

対談の際、僕は思いつくまま好き勝手に話してただけなのに、ちきりんさんが最後の最後、すごいおもしろい文章に仕上げてきたので驚きました。語弊があるかもしれないけど「対談本だって、おもしろいものにできるんだ」と感じたくらい。実現する力を持ってるってすごいですね。

今回の本は「対談」の形をとったことがよかった。この内容をひとりで語っていたら、それが僕であれ彼女であれ、かなり独りよがりの内容に見えたと思います。でもすごい離れた場所に立つ二人が話し合ったことで、どの位置にいる人でも「この点についてはウメハラと同意見だな、でもこっちは……」みたいに考えることができる。答えを与えてくれる本じゃなく、考えるきっかけを提供できる本になりました。

そういえばちきりんさんとは最後までイチイチ意見が違ってて、ゲラを見た僕が「こんなおもしろい本になるとは思ってなかった」って言ったら、彼女は真顔で「めっちゃおもしろい本になるってこと、私には最初からわかってた」って言うんです。「どっちが神なんだよ！」って言いたくなりますよね。

でもこの点については、確かに彼女の言うとおりでした。完敗です。

編集協力　鍋田吉郎
本文DTP　若松 隆
図版作成　タナカデザイン
写真撮影　北原裕司